O estranho de si mesmo

O estranho de si mesmo

Thásia de Medeiros

1ª edição
Belo Horizonte | 2021

THATOS EDITORA

Revisão Valter Braga
Análise crítica Cezar Augusto Simão
Projeto gráfico e diagramação Caroline Gischewski

Thatos Editora
Editora responsável Thásia de Medeiros
Conselho editorial Lyslei Nascimento

Quixote+Do
Conselho editorial Alencar Fráguas Perdigão
Editora responsável Luciana Tanure
Editor João Camilo de Oliveira Torres
Assistência editorial Sofia Rossi
Comercial Cláudia Masini
Redes sociais Claudia Brandão
Tecnologia de informação Alessandro Guerra

CATALOGAÇÃO NA PUBLICAÇÃO (CIP)

Medeiros, Thásia de
M488 O estranho de si mesmo / Thásia de Medeiros. – 1. ed. – Belo Horizonte : Thatos Editora : Quixote+Do, 2021.
280 p.
ISBN 978-65-990199-2-0
1. Ficção brasileira. I. Título.
CDD: B869.3

Bibliotecária responsável: Fernanda Gomes de Souza CRB-6/2472

Nesta edição, respeitou-se o Acordo Ortográfico da Língua Portuguesa de 1990, que entrou em vigor no Brasil em 2009.

THATOS EDITORA
Rua Oliveira, 60 – 300 | Cruzeiro
30.310-130 | Belo Horizonte, MG
thasiamedeiros@gmail.com | (31) 98803 2421

QUIXOTE+DO
Rua Alagoas, 1270 – Sala 304 | Savassi
30.130-168 | Belo Horizonte | MG
editoraquixote@gmail.com | (31) 3141-1256

A todos aqueles que, por me terem feito o
bem ou o mal, fizeram de mim quem sou hoje.

A Cezar e Bernardo.

...Por que alguns homens acreditam que o cosmos seja uma única entidade, enquanto outros acreditam que ele seja muitas coisas? Ou muitas coisas numa só? Ou nada? Quem ou o que criou o cosmo? Se existe ou não? Será que eu já existia antes de fazer essa pergunta a Demócrito? Será que eu existo agora? Será que existi sob outra forma antes de ter nascido? Será que eu renascerei outra vez sob a forma de qualquer outra coisa? Se não houvesse gente na Terra para observar o Sol estendendo sombras enormes, existiria algo como o tempo?

Gore Vidal

Origens

(Em algum lugar no centro do Brasil)

É muito difícil você vencer a injustiça secular
que dilacera o Brasil em dois países distintos:
o país dos privilegiados e o país dos despossuídos.

Ariano Vilar Suassuna

Fim de tarde.

Inácio procura sua poltrona predileta na ampla varanda da casa da fazenda, como faz cotidianamente.

Aguarda o Tempo que sempre vem lhe provocar as memórias, os remorsos, a culpa, ou cutucar os segredos largados em algum canto de sua alma. Castigando-o, como o martelo do ferreiro castiga a bigorna.

Já havia se habituado a esse ritual.

Com o olhar perdido avista, aqui e acolá, alguém ainda trabalhando em suas terras àquela hora do dia.

Sentiu uma presença a se aproximar.

— Tempo, Tempo.

— Olá, Inácio.

— Estou angustiado hoje.

— O que lhe aflige, amigo?

— Viver me incomoda mais a cada dia. Acho que você em breve vai se acabar para mim. Mas ainda tenho tanta coisa a fazer...

— Ledo engano, Inácio. Eu não acabo nunca. Não tenho começo e não terei fim. Vou continuar passando. Sou livre. Não tenho amarras a me prender. Nada a me apegar. Nada do que me arrepender ou redimir. Você, ao contrário...

— Amanhã mesmo procuro o amigo Celinho para dar continuidade aos arranjos. Se não fui justo em vida, quero pelo menos ser justo na morte.

1

Amélia acordou no meio da noite. Tentou se levantar pelo lado errado da cama, como sempre fazia depois de sonhar com a casa da fazenda, onde nasceu e viveu até os dezoito anos. Bateu com as pernas na parede. Sua colega de quarto remexeu-se, incomodada pelo barulho, mas logo voltou a dormir. Já havia se acostumado com a insônia dela.

"À noite todos os gatos são pardos", pensou. "Amanhã estarei melhor." Mas não conseguia dormir, a revolta por ter sido obrigada a ir para o convento consumindo-a por dentro. Lembrou-se da briga entre seus pais. Sua mãe era voluntariosa, quando punha uma coisa na cabeça, ninguém tirava. Vivia repetindo que toda família tinha que ter um padre e uma freira. Quando era criança, não dava bolas para isso. Achava que esse tempo ainda demoraria a chegar e que a mãe mudaria de ideia. Com o passar do tempo, começou a se preocupar.

"Por que a senhora não vai para o convento e me deixa em paz?", pensava em dizer à sua mãe, mas preferia guardar a frase para si mesma. Só pioraria as coisas entre elas.

"Para meu irmão foi fácil. Foi para o Seminário por vocação e opção própria, pelo menos era o que ele mesmo dizia. Coube a mim, a única mulher entre os quatro irmãos, seguir os desígnios de minha mãe! Isso é uma grande injustiça!", pensava, com os olhos cheios de lágrimas, no meio da noite. Sabia que o pai era fraco quando se tratava de convencer sua mãe. Ela o venceu em todos os argumentos que ele apresentou para demovê-la dessa ideia.

Teimosa, teve que ir para o convento, mas prometeu a si mesma que nunca faria os votos. Todo ano alegava que não estava pronta para fazê-los. Sua mãe, indignada, percebendo na atitude da filha uma afronta à sua imposição, fazia doações generosas para as obras do convento, muito apreciadas pela madre superiora, para que continuassem com sua filha por mais um ano. Com isso a guerra velada entre as duas continuava indefinidamente.

Lembrou-se de seus primeiros dias lá. Como foram difíceis! Sentia-se em uma gaiola, incomodada pela rigidez das vestimentas, rejeitando a rotina imposta. A cama era ruim, a comida insossa, as cortinas mal cobriam a luz do dia que logo cedo invadia o quarto.

E o pior era aquela sensação de estar sempre em pecado com essa atitude: estava afrontando não só a mãe, mas também a missão sagrada das ordens religiosas que serviam a Deus. Era isso que tirava o seu sono, o grande dilema que a segurava ali, que se reforçava a cada pregação a que era submetida no convento. Qualquer deslize, mesmo que em pensamento, era mais um pecado que adicionava aos que vinha contabilizando para o acerto de contas após sua morte.

Finalmente o cansaço a venceu e ela adormeceu novamente.

O Tempo, observando a inquietude dela, sussurrou: "Muita calma, minha querida, você ainda tem muita vida pela frente".

2

Naquela mesma noite, longe dali, Coronel Leôncio acordou no meio da madrugada. Decidiu ir para a sala de estar, como sempre fazia quando tinha insônia. Era noite de lua cheia. Andando de um lado para o outro, começou a observar o jardim, pelos vidros emoldurados da ampla janela da sala. "É muito bem cuidado", pensou, "e dá à minha casa um ar ainda mais requintado".

Começou a pensar em como gostava de tudo o que lhe rodeava. A Casa Grande, como era chamada a sede de sua fazenda, tinha sido reformada e aumentada muitas vezes ao longo dos tempos, tornando-se uma casa ampla e bem construída, com acabamento esmerado, ornada com peças requintadas, muitas delas importadas da Europa por seus antepassados. Móveis e acabamentos em madeira de lei, que por ali era abundante, lhe conferiam um toque especial. "Tenho orgulho de minha fazenda, a maior da região. Sei que a tenho conduzido muito bem, tornando-a cada vez mais robusta.", pensava consigo mesmo.

A luz da lua fazia seu trabalho naquela noite, dando à sala um ar de imponência, um aspecto de quadro pintado à mão por algum artista famoso, para o regozijo de seu dono. Porém os cantos embaciados, onde a luz se negava a chegar, remetiam Leôncio à escuridão que vinha escondendo em sua alma.

"Como é bem dividida a minha casa", pensou, correndo os olhos por todos os lados da sala. A área social ao centro: sala de visita, sala de jantar, biblioteca e uma ampla varanda, que arrodeava sua parte mais nobre. Do lado esquerdo, um bloco com 10 quartos, construído por seu pai, reservado ao uso dos hóspedes, autoridades e amigos. Do lado direito, mais privilegiado pelo sol nascente, ficavam os aposentos destinados à família.

De repente assustou-se: "Mas que família?", murmurou baixinho.

A tristeza o dominou por completo, as lembranças dos infortúnios que lhe perseguiram anos a fio vieram à sua mente. Temia casar-se de novo, mas ao mesmo tempo queria constituir uma família, de preferência com muitos filhos.

Recordou-se da primeira esposa, por quem tivera verdadeira adoração. Perdera-a no parto de seu primeiro filho, um menino natimorto. Um grande golpe para todos, que ansiavam por perpetuar o sobrenome Almeida Bastos, inexplicavelmente marcado, há algumas gerações, pela saga do filho único. O desespero dos pais com a situação, a tristeza que o abateu na época, tudo voltava à sua mente, com clareza e pesar, fazendo-o reviver o sofrimento. "Que sina é essa, meu Deus? Que mal Lhe fizemos para merecer isso?", murmurou baixinho. E continuou perdido em seus pensamentos.

Sorriu sozinho quando se lembrou da situação que seus pais haviam arrumado para que ele conhecesse sua segunda esposa. Ela, acompanhada dos pais, aparecera "inesperadamente" em sua fazenda numa tarde de domingo. Era viúva, sem filhos. Tinha perdido o marido intempestivamente para o Rio das Tormentas, já famoso na região pela força de sua correnteza. A cena do entusiasmo dos dois casais quando viram os filhos conversando animadamente surgiu em sua memória. Mas o tempo também se encarregou de lhe roubar as duas: a esposa e a filha.

Reviveu a dificuldade que tiveram para que ela engravidasse. Consultaram médicos pelo país afora e somente após cinco anos de casamento e muita oração é que ela engravidou de uma menina. Para a tristeza de todos a criança nasceu com o coração muito fraquinho.

Os médicos apostavam que não completaria um ano. Milagrosamente a pequena chegou aos cinco anos de idade. Muita reza, muita vela, muitas promessas, mas não completou o sexto aniversário. A mãe, de tanto sofrimento, já marcada pela trágica perda de seu primeiro marido, recolheu-se em uma insanidade mental incontrolável e acabou encontrando um jeito de acabar com a própria vida.

"Como foram difíceis aqueles tempos. Caí novamente em uma tristeza profunda. Cada manhã era uma luta comigo mesmo para me refazer e seguir com minha vida", lembrou-se ele.

A imagem de seus pais veio à mente, reforçada pela visão, ofuscada pela pouca luz, da foto oval pendurada na parede, com os dois no dia do casamento. "O tempo passou rápido", suspirou ele, lembrando-se da morte do pai, seguida da de sua mãe, ambas ainda recentes, o que o deixou completamente sozinho.

De repente percebeu claramente o que vinha fazendo com sua vida durante esses últimos cinco anos: "Estou enganando minha dor com a dedicação à fazenda. Preciso resolver isto".

Nesse momento olhou para fora e avistou a silhueta da capelinha construída por seu bisavô em homenagem a Santa Rita de Cássia. Gostava da construção, mas raramente ia lá: era pequena, com telhado em duas águas e um alpendre, sustentado por colunas retorcidas, que dava acesso à porta de madeira maciça. Imaginou-se entrando na capelinha, o altar elevado, a mesa revestida por uma toalha impecavelmente branca e engomada, o crucifixo de madeira ao fundo, a fileira de bancos sobre piso de tábuas largas de ipê. Vislumbrou a pia batismal à esquerda, onde ele e sua filha tinham sido batizados. Do outro lado, a imagem de Santa Rita, cuidadosamente instalada em um nicho na parede. "Santa Rita, a Santa das Causas Impossíveis." Naquele momento decidiu que passaria a visitá-la mais frequentemente.

Os passos de Quitéria o tiraram do transe em que se encontrava. Desde que sua mãe morrera ela tinha passado a dormir no porão da

Casa Grande, preocupada com o Coronel. Tinha prometido à sua mãe, no leito de morte, que ficaria atenta a ele.

— Trouxe um chá de camomila com erva cidreira para ver se o senhor pega no sono de novo, Coronel.

— Obrigado, Quitéria. Não precisava se levantar e subir as escadas no relento por minha causa. Você parece que dorme com um olho aberto e outro fechado.

— No meu caso, Coronel, acho que durmo com um ouvido fechado e o outro aberto. Sempre escuto seus passos.

Leôncio sorriu com o trocadilho, Quitéria era sempre muito espirituosa. Gostava da atenção dela. Cresceram na mesma época, ela na cozinha, acompanhando a mãe, e depois assumindo o lugar dela. Tomou o chá e voltou para o quarto. Custou a dormir.

O Tempo, observando aquela cena, murmurou: "Arranque essas farpas de seu coração, Leôncio. Você ainda tem muita vida pela frente".

3

A casa da Fazenda Almeida Bastos estava num alvoroço só. Quitéria estava agitadíssima com os preparativos que os quatro cantos da casa estavam lhe exigindo. O rádio ligado na sala, com aquele falatório sem parar, a deixava ainda mais nervosa. "Ninguém está prestando atenção a nada, para que isso?", resmungava, mas não tinha coragem de desligá-lo. Seria atrevimento demais. Com o anúncio recente do fim da Segunda Guerra Mundial, o Coronel vivia colado no rádio, aguardando notícias sobre os desdobramentos mundo afora.

Dr. Américo, médico da família há muitos anos, tinha anunciado que a criança nasceria a qualquer momento. Pela fazenda, as apostas corriam soltas: menino ou menina? O pai não tinha dúvida: seria menino!

Coronel Leôncio, título herdado de seu pai, já estava chegando aos cinquenta anos quando conheceu Amélia, filha do Coronel Aurélio, proprietário da Fazenda Boa Esperança, uma fazenda próspera, contígua às suas terras.

Amélia era uma moça linda, ainda solteira, com seus trinta e sete anos, que por imposição da mãe, D. Carmem, tinha ido, ainda nova, para o Convento da Misericórdia, na capital.

D. Carmem não escondia sua preocupação com a idade avançada da filha para arrumar um casamento. Uma moça com mais de trinta anos já era considerada uma solteirona, ou melhor, já "estava no caritó", como diziam as más línguas. Teria que ser um viúvo, de preferência que já tivesse filhos, pois à medida que a idade avançava, as possibilidades de sucesso de uma primeira gravidez seriam muito pequenas, além de perigosas para a saúde dela.

Foi durante um comício do novo candidato a governador do Estado, a que todos os coronéis fazendeiros da região faziam questão de comparecer, que Amélia avistou sua ex-aluna, uma de suas prediletas, em meio à multidão. Desesperou-se tanto para não a perder de vista, que acabou trombando em Leôncio, um senhor que estava animadamente gesticulando em sua conversa. O desconcerto dos dois foi tanto que começaram a se desculpar um com o outro até caírem na gargalhada.

A ex-aluna, nunca mais a viu. Mas ela e Leôncio muitas vezes mais se encontraram. Todos achavam que formavam o par perfeito, que o acaso havia unido.

Porém D. Carmem sempre guardava um medo enorme quando se tratava da possível gravidez de sua filha, pois sabia das histórias dos casamentos anteriores de Leôncio e da saga da família Almeida Bastos. Seu medo se tornou um verdadeiro pesadelo. Vivia tendo sonhos sombrios com a futura criança.

Todos os dias o genuflexório em frente ao oratório, montado no cantinho de sua sala, sentia o peso de seus joelhos por, pelo menos, uma hora. Desfiava rosários, rezava a Salve-Rainha, o Credo... Embora muito católica, quaisquer outras rezas e simpatias que lhe ensinassem, não se importando com a origem, ela as fazia na surdina.

Cartomantes, videntes, quiromantes, ciganas... valia de tudo. Todas, depois de hábil e sorrateiramente puxarem por sua língua, garantiam que ela teria um neto saudável e longevo. Mas a dúvida sempre a perseguia.

Veio o casamento, com toda pompa que a união de duas famílias abastadas exigia.

Amélia e Leôncio foram viver na Fazenda Almeida Bastos. Depois de quase dois anos de casamento ela finalmente engravidou. Os dois eram pura felicidade.

Os meses se passavam, a gravidez se adiantava, Amélia e Leôncio sempre com um sorriso estampado no rosto. Ela tentava recuperar o tempo que ficara no convento e não se esquecia da promessa que havia feito de cumprir sua missão fora de lá. Passou a dedicar uma atenção especial aos menos favorecidos. Na fazenda, a situação dos empregados, especialmente de seus filhos, a incomodava muito.

Sua primeira grande empreitada foi montar uma escola, em uma pequena construção de pau a pique abandonada, para iniciar a educação das crianças, ensinando-as a ler e escrever e a fazer as quatro operações aritméticas.

Era adorada por todos na fazenda, ou melhor, por quase todos, pois sempre, em algum canto, um ou outro podia nutrir certa dose de inveja pela sorte e felicidade dela. Como diz o ditado, se a inveja fosse coxa, muita gente andava de muletas.

Ela e Quitéria, que comandava os trabalhos da casa e da cozinha como ninguém, viviam em plena harmonia. Amélia lhe dava liberdade para agir, raramente ensinando ou aconselhando em alguma tarefa, numa relação de comprometimento mútuo que raras vezes acontece na vida.

Coronel Leôncio, embora severo nos negócios, dava a Amélia liberdade na condução da casa e da escola, já que aquilo lhe dava tanta alegria. Raramente tinham qualquer tipo de atrito mais sério, embora internamente aquele desprendimento dela o incomodasse muito.

O enxoval do futuro bebê foi puro esmero e luxo. Foram tantos os presentes e as compras das duas famílias durante a gravidez, que tinham o suficiente para vestir dez recém-nascidos!

Foi nesse ambiente de alegria, no dia 11 de julho de 1945, após um parto que durou horas e quase matou a todos de aflição, que veio ao mundo um menino saudável, com olhos castanhos e pele alva como a de sua mãe.

O Coronel insistiu em lhe dar o nome de seu pai, "Ignacio", argumentando ainda que era o nome do santo de quem era devoto.

Quitéria, que a tudo acompanhava lá da cozinha, deu um muxoxo e resmungou: "Nunca vi Coronel Leôncio agarrado com santo nenhum... Ele quer mesmo é engabelar D. Amélia".

Amélia, que já suspeitava da escolha do marido, disse que concordava, mas preferia que tivesse a mesma grafia do nome do santo, usada em português: "Inácio". Assim evitaria que ele tivesse que soletrar o nome para o resto de sua vida. "Adorei o nome. Ele tem mesmo cara de Inácio", completou entusiasmada. Leôncio concordou, mas não conseguiu esconder uma ponta de insatisfação.

Nos dois primeiros meses de Inácio, D. Carmem visitava a filha e o neto dia sim, dia não, para se assegurar de que estava tudo bem. Até que, diante de tanta bênção, começou a pagar as promessas que tinha feito a cada mês de gravidez que sua filha completava e durante as horas do difícil parto dela. E não poupou nessas promessas: subir de joelhos a escadaria da Igreja São Marcos, subir descalça o Morro dos Desesperados, beijar os pés do Cristo Redentor, jogar flores para Iemanjá no dia 2 de fevereiro, e muitas outras.

Além de prometer para si mesma, também distribuiu promessas, a seu bel-prazer, para o marido, Coronel Aurélio, e os filhos, Agostinho, Augusto e Arthur, que tiveram que cumpri-las, mesmo sob protesto.

Coronel Aurélio sentiu-se numa encruzilhada. Tinha medo de não cumprir as promessas e acontecer alguma coisa com Amélia ou com o neto, e ter que viver com aquela culpa para o resto de sua vida. Então fez D. Carmem jurar por Deus, veementemente, que nunca mais faria promessas em seu nome.

Na verdade, acabou admitindo para si mesmo, mas nunca confessou à esposa, que cumprir as promessas não tinha sido tão ruim assim. Após o sacrifício, o casal sempre reservava uns dias para disfrutar a cidade, visitar os amigos e o filho, que a essa altura já morava fora de casa.

4

As acomodações dos empregados ficavam do lado oeste da fazenda, não muito distante da Casa Grande.

Era uma edificação muito antiga, comprida, de pau a pique, com poucas paredes devidamente rebocadas, dividida em diversos cômodos, com acesso dos dois lados. "Quanto menos parede, menos barbeiro e menos doença de Chagas", dizia o Coronel, embora muitos considerassem isso uma boa desculpa dele para economizar na construção.

Acompanhando a curva e o declive do terreno, o pequeno aglomerado, quando visto de longe, lembrava o formato de um caracol, razão pela qual começaram a chamá-lo por este nome. Algumas passagens estreitas davam acesso ao pátio central, ponto de encontro dos empregados nas horas vagas, facilitando também o trânsito de pedestre nesse pequeno povoado. Um pouco mais acima havia uma horta comunitária, onde cultivavam alguns legumes, ervas, temperos e as verduras preferidas. Um pequeno córrego ladeava a construção, provendo a água necessária aos moradores, como também o local para a lavação de roupas, sobre as pedras que se acumulavam em suas margens, onde a conversa corria solta, entremeada pelas gargalhadas, que eram ouvidas de longe.

No Caracol muita coisa era comunitária, inclusive o parco enxoval dos bebês, cujas peças passavam de uns para os outros conforme a necessidade.

Zefa estava em seus últimos dias de gravidez. D. Maria, a parteira, tinha observado que sua barriga estava bem baixa, com a criança já encaixada para nascer.

No amanhecer do dia 11 de julho de 1945, Zefa começou a sentir as dores do parto. Por ali estavam somente ela e Matilde, uma moça que, por ter uma má formação de nascença, fora incumbida, pelo Coronel, de tomar conta das crianças, enquanto suas mães trabalhavam.

Dois dias antes, Amélia tinha juntado umas peças do enxoval de seu filho e sorrateiramente passado para Quitéria levar para Zefa, com a desculpa de que não tinha gostado muito delas: duas mantas, dois gorrinhos, alguns casaquinhos de flanela, sapatinhos de lã, meias e fraldas que tinha em excesso. Era inverno. Quitéria hesitou, pois temia que alguém achasse que tinham sido roubadas. Ela a tranquilizou dizendo que bastava que falassem com ela.

D. Maria, experiente, largou o serviço alegando que estava com febre. Tinha posto alho nas axilas e, fingindo um desmaio, foi liberada para o descanso pelo capataz, que a conhecia bem e fazia vista grossa nesses casos. Chegando ao Caracol encontrou Zefa em trabalho de parto. Pôs água para ferver, pegou os panos que tinha providentemente lavado no dia anterior, e foi vê-la.

Enquanto Inácio nascia na Casa Grande da fazenda, arrodeado de cuidados por todos os lados, no Caracol, após um parto fácil, Zefa dava à luz um menino de pele negra e olhos negros como os dela e, com a bênção de Deus, muito saudável. Deu-lhe o nome de Bento, o santo homenageado naquele dia.

Bento não tinha pai. Zefa, uma mulher bonita, forte e trabalhadora, havia sido estuprada, mas nunca disse por quem.

Uma semana depois Zefa foi tomada por uma fraqueza e uma palidez que roubaram totalmente suas forças. Sabendo de seu estado por intermédio de Quitéria, Amélia implorou para que o Coronel chamasse Dr. Américo para dar uma olhada nela. Ele negou veementemente, dizendo que médico era coisa de rico e que eles se virassem com as ervas de que tanto gostavam.

Zefa morreu uma semana depois, agarrada às mãos de Quitéria, provavelmente com uma infecção que tomou conta de todo seu corpo. Bento, com apenas quinze dias de vida, ficou no mundo, sem pai nem mãe. Quitéria, ao ver em seus olhinhos negros um brilho sem par, apiedou-se dele e decidiu adotá-lo como neto.

Constavam de sua certidão de nascimento: o nome Bento dos Santos, filho de Josefa dos Santos, pai desconhecido, e como única avó, Quitéria Maria da Silva.

Por vários dias todas as vezes que Amélia lhe dirigia o olhar, Leôncio sentia que ela o estava condenando em silêncio. Depois de duas semanas decidiu superar aquele "deslize": escolheu anestesiar seu coração, ou sua alma, e seguir com a vida.

O Tempo, olhando consternado para ele, pensou consigo mesmo: "Isso, Leôncio. Continue seguindo cegamente as lições de seu pai. Você não é igual a ele, meu amigo. Por baixo dessa sua carcaça, há um coração mole. Este é o seu dilema".

5

A Fazenda Almeida Bastos tinha a sede bem localizada, ao centro da propriedade, em uma área de vegetação natural muito bonita, numa posição que facilitava o acesso a Vale Fundo, capital do Estado e maior cidade da região, situada a sessenta quilômetros de sua entrada principal. Rezava a lenda que sua posição tinha sido escolhida de forma a dar a seus donos a real sensação de estarem arrodeados de riqueza por todos os lados.

Tinha uma história interessante, contada de pai para filho, que datava de mais de dois séculos, quando seus primeiros antepassados tomaram posse de uma porção de terras virgens no centro do país. Depois de vencidos os primeiros desafios, seus donos, visionários, foram adquirindo as terras ao redor ou, muitas vezes, apossando-se das que consideravam "abandonadas", chegando aos meados do século XIX com uma propriedade já considerada a maior da região. Fazendeiros natos e com bom tino comercial enriqueceram muito com a atividade pecuária, para a qual não faltavam bons pastos.

O Rio das Tormentas, que cortava a fazenda em vários pontos, passava perto da Casa Grande em seu trecho mais largo e brando, chegando a formar uma pequena lagoa de água corrente, muito gostosa para os momentos de lazer da família, dos amigos e para as festividades que ali se realizavam.

Com uma área de vinte e cinco mil alqueires e um rebanho de cerca de cinquenta e cinco mil cabeças de gado, predominantemente da raça zebu, a fazenda era o orgulho do Coronel Leôncio. Dividia-se em dez setores, cada um com estrutura própria: currais, cerqueiros, estábulos e tropas de serviço que, para atender toda a propriedade, somavam próximo a duzentos e cinquenta animais, entre burros, jumentos, mulas, alguns cavalos e éguas, além das carroças. Cada setor tinha seu próprio capataz, responsável pelo manejo e controle do rebanho, assim como pelo comando dos peões, que moravam no local com suas famílias, em um conjunto de casas modestas.

Havia também um matadouro central para abater bovinos, suínos e aves para o consumo da Casa Grande e dos empregados. A pesca era livre, desde que feita nas horas de folga.

A cultura de subsistência abrangia principalmente milho, arroz, feijão, um pouco de cana-de-açúcar, mandioca, frutas, hortaliças e outros víveres de primeira necessidade que, juntamente com as carnes, eram vendidos aos empregados na mercearia, a preço justo, no conceito do Coronel, e anotados em cadernetas para abater de seus salários, muitas vezes não lhes sobrando quase nada.

Em um trecho do rio de água abundante foi construída uma represa, com um moinho de pedra tocado por roda d'água, para fazer o fubá e pilar o arroz. Um depósito central, com paredes de madeira, era usado especialmente para estocar o sal.

O acesso entre os setores era feito por estradas estreitas, que entrecortavam toda a paisagem da fazenda, por onde passavam as carroças com o sal que alimentava os cochos e por onde escoavam os produtos de cada setor.

O Coronel era do tipo que não vendia o couro antes de matar a onça. Precavido, cercava-se sempre de poucos e bons capatazes, enérgicos e corajosos na lida com os peões. Dizia que se "é o olho do dono que engorda o gado", seus capatazes eram a extensão de seus olhos. A estes pagava salário acima do mercado, garantindo assim a fidelidade de quem escolhera a dedo. O capataz geral, tão enérgico quanto o próprio Coronel, era homem de sua total confiança, por quem tinha um apreço especial.

"Mãos demais, trabalho de menos", dizia ele ao se referir ao número de capatazes que tinha em sua fazenda, proporcionalmente pequeno quando comparado ao das fazendas vizinhas.

Uma pequena vila de casas simples, mas de tamanho bom e acabamento condizente, batizada de Vilarinho pelo Coronel, foi construída na área da fazenda mais perto do acesso a Vale Fundo. Nela moravam os capatazes que comandavam os setores mais próximos, a grande maioria com suas famílias.

Não muito longe da Casa Grande havia um estábulo com cavalos, celas e montarias suficientes para atender às necessidades da sede, tanto para o lazer como para as locomoções de rotina.

Ao fundo, uma cadeia de montanhas emoldurava o horizonte da propriedade.

6

Coronel Leôncio era um homem alto e forte, de traços marcantes, pele clara, cabelos castanhos, rosto ligeiramente arredondado e de aspecto sério e intimidador por natureza. A barriga, um pouco proeminente, revelava sua idade, já se aproximando da casa dos cinquenta. No entanto, quando estava de bem com a vida, tinha um sorriso que cativava a todos. Foi esse sorriso que conquistou Amélia.

Por mais que fosse um homem de princípios, a hierarquia, para ele, tinha que ser respeitada. "Patrão é patrão e empregado é empregado", vivia a repetir. Acreditava que a condição econômica definia um homem, sendo o estudo um complemento desejável. Quem não tivesse um ou outro, para ele seria sempre um subalterno, um ignorante.

Seu pai, o Coronel Ignacio de Almeida Bastos, tinha conduzido a fazenda com mão de ferro, exigindo muito dos empregados, embora nunca tenha faltado com o parco pagamento no começo de cada mês. Achava que, se todos tinham casa para morar e comida a preços módicos, não precisavam ganhar muito com o fruto do trabalho. E o Coronel Leôncio seguia à risca os ensinamentos de seu pai. Sua vida era comandar com austeridade.

Quando conheceu Amélia, o Coronel apaixonou-se verdadeiramente por ela. Uma moça que não aparentava os trinta e sete anos que tinha, um rosto meigo, alvo, de traços harmônicos, cabelos e olhos castanhos que, se não tinham nada de especial em sua cor, ganhavam em brilho e vivacidade.

Amélia tinha um espírito livre, um sorriso solto e era muito comunicativa. Era a mais velha de quatro irmãos, a mestra da família. O segundo, Agostinho, por sua vocação sacerdotal, afastou-se cedo de casa. O terceiro, Augusto, foi fazer faculdade em Morro Alto. Formou-se em direito, para o orgulho do pai, casou-se e por lá ficou. Restou Arthur, "a rapa do tacho", como brincavam os familiares, que havia decidido que tocaria com o pai os negócios da fazenda.

Quando Amélia estava com catorze anos, D. Carmem lhe comunicou que no próximo ano ela iria para o Convento. Lá concluiria seus estudos como normalista. A guerra começou entre ela e o marido, que nutria verdadeira adoração pela mais velha. Ele, sempre alegando que Amélia estava nova demais. Ela, sempre retrucando que quanto mais a filha conhecesse os prazeres da vida, mais difícil seria para ela viver no Convento. "Então não vai", respondia ele.

Na esperança de conseguir demover a esposa desse propósito, prometeu que quando ela completasse dezoito anos a levaria até o Convento da Misericórdia. O Coronel, como sempre, não teve a firmeza necessária para vencer a esposa. Assim, com o coração despedaçado, deixou Amélia no convento um dia após seu aniversário de dezoito anos.

Amélia não se conformava com seu destino. Amargava uma revolta que muito a perturbava. Amava lecionar e encontrou nas alunas uma janela para o mundo lá fora, mas não conseguia se adaptar àquela vida de reclusão, embora não demonstrasse.

Na profissão e nas alunas encontrou espaço para amar: ensinava, acolhia, tinha compaixão por quem tinha mais dificuldade em aprender, se desdobrava para ajudar a todas, cada uma a seu modo. Mas ainda faltava ali alguma coisa que lhe ajudasse a fugir da saudade que sentia de sua vida anterior, da família, dos amigos, da alegria da comunidade na saída das missas de domingo em Vale Fundo, da conversa solta, do riso sem motivo.

Começou a frequentar assiduamente a biblioteca do colégio e a devorar seus livros no pouco tempo ocioso que lhe restava. Aperfeiçoou o francês e o latim, o que lhe abriu outras oportunidades de leitura, sua janela para o mundo. Mas logo a biblioteca começou a se tornar pequena para ela. As obras eram restritas. Entre as postulantes mais antigas, dizia-se que muitos livros ficavam guardados a sete chaves e que somente após fazerem os votos teriam acesso a alguns deles. Quanto aos votos, ano após ano alegava que não estava pronta para fazê-los, o que muito entristecia D. Carmem.

Foi somente com a chegada da nova madre superiora, Madre Maria, que as coisas começaram a mudar. Bem mais jovem do que sua antecessora, a Madre tinha a incumbência de modernizar o Convento, até então conduzido com rigidez excessiva. Iria mudar muitas coisas, mas aos poucos, para não abalar desnecessariamente o *status quo* vigente.

Gradativamente foi avaliando e liberando vários livros até então restritos, para o incômodo das freiras já costumadas à rigidez anterior. Comentava-se, pelos cantos, como a santa alma da falecida madre superiora deveria estar triste com o rumo que as coisas estavam tomando no Convento.

Amélia era sempre a primeira a procurar as novas obras. Um após outro, foi devorando os livros. Madre Maria começou a observá-la, a perceber sua inquietude e a ter com ela, inicialmente, momentos de estudo, para depois introduzir conversas e trocas de ideias mais profundas sobre as obras que liam e sobre a vida. Até que um dia, questionada sobre por que adiava tanto os votos, Amélia sentiu-se segura para se abrir com ela.

Contou como tinha sido a sua ida para lá, as dificuldades que enfrentou e todos os seus questionamentos, seu desejo de ajudar as pessoas também fora dos muros do convento, sua aflição pelas desigualdades e sofrimentos alheios. Tinha um especial apreço pelos ensinamentos de Jesus, mas sentia que nem sempre podia aplicá-los em um ambiente tão fechado para o mundo. Não fosse pelo contato com as alunas, pela empatia com as mazelas das demais freiras, nada podia fazer, além de rezar pelo bem da humanidade. A madre superiora percebeu, então, que Amélia nunca seria feliz ali.

Na próxima visita de D. Carmem, foi se encontrar com ela e expôs suas preocupações. Nesse dia, aos trinta e quatro anos de idade, Amélia voltou ao convívio da sociedade. Foi um período de readaptação que exigiu muito dela, mas não tanto quanto os seus primeiros meses no convento. Nunca esqueceu o Convento da Misericórdia, para cujas obras contribuiu financeiramente por muitos anos, nem Madre Maria, a quem visitava de tempos em tempos.

7

Quitéria tinha nascido e crescido na fazenda. Sua família trabalhou naquelas terras por muitas gerações. Ainda na época do velho Coronel Ignacio, notícias de que nas capitais, pelo país afora, havia condições de trabalho mais favoráveis e com salários mais justos instigaram uma verdadeira debandada de empregados das fazendas locais. Os seus familiares partiram, ficando apenas sua mãe, trabalhadora dedicada da cozinha da Casa Grande, e ela, ainda jovem.

A cozinha era onde ela reinava. Era espaçosa e bem guarnecida, com um grande fogão a lenha, complementada por uma despensa farta e uma puxada bastante ampla, que servia de área de serviço, onde ela recebia dos empregados e de terceiros as provisões necessárias aos serviços da casa.

Aproveitando o desnível do terreno havia um porão, que nos tempos da escravidão servira de senzala, mas que atualmente era usado, parte como uma espécie de armazém, e parte como acomodações para os empregados que precisassem pernoitar na Casa Grande. Quitéria nunca gostou daquele ambiente e só dormia lá quando era realmente necessário. A despeito das reformas e melhorias na iluminação e na ventilação, o porão ainda conservava um ar frio e úmido que a remetia ao sofrimento de seus antepassados, que ali tinham vivido suas vidas escravas.

A uns cem metros dali estendia-se uma ampla horta. Era Quitéria quem definia o que deveria ser plantado: verduras, legumes, ervas e temperos, em quantidade suficiente para abastecer sua cozinha. Logo após a horta havia uma construção que fora edificada para defumar cortes especiais de carnes e peixes, que há muito havia sido desativada, passando a ser usada como um local para a guarda das sementes, remédios para pragas e preparo de mudas para a horta, mas que continuava sendo chamada pelo antigo nome de Defumador.

Quitéria era de uma bondade rara de se encontrar.

No Caracol era a conselheira de todos: sempre uma palavra amiga, um modo de ver diferente para acalmar as aflições alheias. Sua presteza com todos era muitas vezes o único refúgio para o sofrimento de seus irmãos de luta. Nunca teve estudo, nem sabia assinar o nome, mas tinha uma inteligência inata, uma perspicácia rara e um "saber dizer as coisas certas nas horas certas" que lhe eram peculiares, embora também não poupasse os comentários críticos, antecedidos sempre por um muxoxo, sobre o que ocorria a seu redor, quer fosse na Casa Grande, quer fosse no Caracol.

Aprendeu desde cedo a conhecer as pessoas, não pelo que elas diziam, pois a fala aceita tudo, mas pelo inquietar do corpo, pelo arquear das sobrancelhas, pelo fugir do olhar.

Nunca quis se casar. Teve um ou outro namorico, mas sempre dizia que homem nenhum ia lhe por amarras. Que bastavam aquelas que a própria vida, a cor da pele e sua condição de pobre já lhe haviam imposto. "Se entre os ricos a mulher já é posta em segundo lugar, o que será de mim se arrumar um marido? Não, prefiro ficar como estou", respondia de pronto quando alguém perguntava por que ela não se casara.

Seu rosto não denunciava a idade, que já se aproximava dos cinquenta anos, embora não soubesse ao certo quantos anos tinha. Não tinha registro, sua idade era calculada com base em alguns eventos que aconteceram na fazenda dos quais ela se lembrava. Nem um fio branco coloria seus cabelos.

Quitéria era feliz a seu modo. A fazenda era seu mundo, raramente saía de lá, a não ser para ir às missas de domingo em Vale Fundo, quando os afazeres da Casa Grande permitiam. Tinha o andar seguro de quem sabe o que quer. Seus olhos escuros, como duas jabuticabas, tinham uma meiguice infinda e um brilho que lhe denotava sagacidade. Sua estatura mediana crescia quando se tratava de defender alguma causa que julgava nobre, e nunca se retraia frente a nenhum desafio.

Essa era Quitéria, um porto seguro para muitos e especialmente para Amélia.

No dia seguinte à morte de Zefa, Quitéria procurou Amélia em seus aposentos e, longe do Coronel, confidenciou que, movida pela compaixão e pelo amor que sentiu pelo pequeno Bento, tinha prometido à sua mãe que o adotaria como neto, já que não tinha mais idade para ter filhos. Mas que agora se sentia em um beco sem saída.

Com os olhos marejados, disse que não tinha coragem de deixar o menino no Caracol com Matilde, mas também não podia trazê-lo para a cozinha, pois o Coronel não permitia isto. Tinha dado leite de vaca misturado com água desde a noite anterior, mas percebera que o menino não tinha passado bem. E completou: "Coitadinho do meu menino, tão pequenininho, sem mãe e sem peito".

Amélia, ciente de que o real motivo daquela queixa era que Quitéria queria ter o menino por perto, num arroubo de maternidade tardia, mas nem por isso injustificada, acalmou-a e disse que confiasse, que ela resolveria o caso.

Quando sua mãe veio visitá-la naquele dia, Amélia, sob o pretexto de estar com saudade do tempero da casa dos pais, pediu para trazer Ritinha, uma das ajudantes da cozinha de lá, uma menina de uns quinze anos, que havia engravidado inoportunamente e perdido o filho com apenas alguns dias de vida. Autorizou que Quitéria trouxesse Bento com ela para que pudesse receber leite materno durante seus primeiros meses de vida. Conversaria com Leôncio depois.

Quando Leôncio chegou em casa no fim da tarde, ela lhe comunicou o ocorrido. Ele, em respeito ao estado frágil dela, apenas respondeu que na fazenda o que era estabelecido por ele não podia ser quebrado sem sua autorização. Saiu do quarto e não voltou naquela noite.

Amélia percebeu, pela primeira vez, uma faceta da personalidade de seu marido até então camuflada. Sentida, passou a noite quase toda acordada.

Quando Leôncio retornou ao quarto na manhã seguinte, encontrou-a chorosa e abatida. Arrependido, abriu-lhe seu melhor sorriso. Ela caiu no choro. E abraçados superaram o atrito.

Infância

Nada é absoluto.
Tudo muda, tudo se move,
tudo gira, tudo voa e desaparece.

Frida Kahlo

Fim de tarde.

Inácio já havia se acomodado em sua poltrona predileta, taciturno. Guerreiro, seu cão, veio se sentar a seu lado. Triste, começa a falar com o Tempo.

— Tempo, Tempo, estou aqui me perguntando se foi mesmo o acaso que uniu meus pais, como sempre ouvi contar, ou se não teria sido a mão de Deus trabalhando pela felicidade deles.

— Ah, Inácio, vocês humanos insistem em dar a tudo uma conotação sobrenatural. O acaso é só um ponto qualquer na cronologia da vida, que não terá significado nenhum se cada um não fizer a sua parte. Já pensou na quantidade de acasos que nunca deram em nada? Que sequer foram percebidos?

— Quando o acaso me fez conhecer Clara, Tempo, achei que seríamos um casal como meus pais foram.

— E o que você fez para que isso acontecesse?

— Nada. Apenas esperei que você, Tempo, ajeitasse as coisas para mim, em algum momento no futuro.

Eu não ajeito nada, Inácio. A escolha foi sua. Olhe para aquela montanha ali ao fundo e para a linha do horizonte que ela demarca. Qual delas você acha que conseguirá alcançar? Escolheu errado, meu amigo. A montanha você alcança, mas a linha do horizonte, esse risco tênue entre o céu e o inferno, nunca. É mais fácil arrumar uma desculpa, um bode expiatório, não é? Assim você pode continuar se enganando; dirá que tentou, mas que tudo conspirou contra você.

Inácio custou a dormir naquela noite, as palavras do Tempo martelando em sua cabeça.

8

Os primeiros meses de vida de Inácio correram muito bem. Amélia, alimentada com muita canjica, tinha leite em abundância, e o menino crescia e engordava a contento, para a alegria e o orgulho do pai. "Vai ser doutor", repetia sempre Leôncio.

Bento também crescia saudável, sob os cuidados de Ritinha durante o dia e os olhos atentos de Quitéria à noite. Aquela era uma situação atípica para os padrões impostos pelo Coronel, tanto que os demais empregados começaram a importuná-la, tecendo comentários de todos os tipos. Quitéria apenas dava de ombros. E, para completar, quando surgiu o assunto do batizado de Bento, Amélia pediu para ser sua madrinha de consagração, o que deu ainda mais o que falar.

Amélia e Ritinha saiam costumeiramente com os dois para o banho de sol. Inácio em um carrinho de rodas, Bento num cesto com alça, transformado em bercinho. Até os seis meses foi essa a vida deles.

Quando começaram a engatinhar, Amélia passou a estender uma grande toalha sobre o gramado na frente da casa, onde os dois brincavam até o sono chegar. Dividiam os brinquedos, algumas vezes naturalmente, em outras na base do mais forte. Amélia achava graça de tudo o que eles faziam.

Porém Leôncio sempre demonstrava um incômodo enorme ao ver os dois meninos brincando tão próximos. Alegava que Inácio podia pegar alguma doença. Amélia respondia que ele e Bento recebiam os mesmos cuidados. "Mas Bento dorme no Caracol", retrucou ele certa vez.

Quitéria, que havia ouvido a discussão, resmungou que, se fosse assim, filho de rico nunca adoecia, nem morria. Mas passou a dar banho em Bento toda manhã, quando chegava à Casa Grande, e a recomendar que Ritinha nunca o deixasse com as fraldas sujas.

Certo dia Inácio acordou um pouquinho febril. Havia pegado um resfriadinho, normal em toda criança. Quando Leôncio chegou para o almoço e soube do estado do filho, correu para cozinha. Bento também estava resfriado.

Mandou chamar Dr. Américo, sob os protestos de Amélia, que afirmava que não era nada que um chazinho de macela não resolvesse. "Toda criança tem que adoecer para fortalecer", dizia ela.

Assim que o médico chegou, Leôncio chamou-o para o escritório. Em conversa reservada, confidenciou a ele suas preocupações e pediu que recomendasse a Amélia que mantivesse a criança mais afastada até que ficasse mais forte. Tinha esperança de que o mau hábito de sua esposa ficasse esquecido. Dr. Américo assim o fez.

Amélia percebeu o que o marido tramara e aproveitou para dar o primeiro passo rumo ao que pretendia alcançar: "Se os empregados não têm condições de higiene, é por nossa culpa. Vamos construir instalações mais adequadas no Caracol".

Armou-se assim uma verdadeira guerra entre ela e Leôncio.

Amélia começou a traçar os planos. Queria primeiro uma cozinha grande no Caracol, com um amplo fogão a lenha. Um pouco mais afastado, construiriam dois banheiros também grandes, um para as mulheres e outro para os homens. Assim, poderiam aquecer água no fogão e levar para os banheiros. E completou: "Ou, quem sabe, quando a água encanada chegar até o Caracol, como chega à nossa casa, fazer uma serpentina para levar água quente do fogão a lenha para o banheiro. Afinal, o riacho passa tão pertinho".

A essa altura da conversa Leôncio fez uma expressão de pavor e passou as duas mãos pela cabeça, enfiando os dedos entre os cabelos, como sempre fazia quando estava desesperado. Amélia achou graça em silêncio.

Ela queria mais. Os novos cômodos não seriam de pau a pique, e sim de tijolos queimados e posteriormente rebocados com argamassa forte.

Leôncio argumentava que nenhuma fazenda da região contava com tais instalações para os empregados. Ela respondia que, se ele se gabava de ter a mais rentável entre as fazendas, por que não ser o primeiro a dar o bom exemplo? Instigando o ego dele, dizia que ele seria tomado como um modelo. E não parava de dar prosseguimento aos planos.

Ele, cansado de teimar com a esposa, fez que gostou da ideia e autorizou a construção. Assim que estava tudo pronto, passou a se gabar de sua generosidade aos quatro ventos. Vários coronéis das fazendas vizinhas foram lá conhecer as novas instalações.

9

As duas crianças completaram seu primeiro ano de vida.

Leôncio mandou preparar uma festa, no fim de semana que antecedia o dia onze de julho, que começaria na sexta-feira à noite e se encerraria no final da tarde de domingo, com uma missa na fazenda em agradecimento ao primeiro ano de vida de seu filho. Até que Inácio completasse cinco anos, idade em que ele considerava que o filho "teria vingado", faria uma grande festa em todos os seus aniversários.

D. Carmem e Coronel Aurélio colocaram alguns empregados da Fazenda Boa Esperança, escolhidos a dedo, à disposição da filha, para ajudar nos preparativos e durante a festa, embora não houvesse necessidade para tanto. Seu filho Augusto, que morava em Morro Alto, viria com a esposa e os filhos para passar todo o final de semana. Até Agostinho, o padre, aproveitaria a oportunidade para estar com a família e conhecer o sobrinho.

A lista de convidados chegava a mais de trezentas pessoas, entre adultos e crianças. Muitos se hospedariam na Casa Grande. Quitéria, incansável, sem desgrudar o olho do que estava sendo preparado em sua cozinha, comandava todos os arranjos para hospedar os convidados. De tão atarantada que estava, começava a se esquecer do nome das coisas. Então passava a apontar tudo esticando o lábio inferior na direção do que queria que lhe passassem, o que provocava um ar de riso em quem estava a seu redor, contido, é claro, para não instigar ainda mais os nervos dela, que já estavam à flor da pele.

Além dos filhos, Dona Carmem também hospedaria convidados na Fazenda Boa Esperança e se esmerava em recebê-los tão bem quanto sua filha estava fazendo, sem querer ficar para trás.

Como sempre, o centro da festividade seria em um grande platô que havia à beira da lagoa, local predileto de Amélia, que nessa época do ano era favorecido pela florada dos ipês que coloriam toda a paisagem da fazenda, dando a ela um ar ainda mais festivo e nobre.

Deu-se início à festança.

Entre as empregadas que trabalhavam na cozinha da Casa Grande, havia duas irmãs — Raimunda e Francisca — que desde bem novas tinham sido indicadas por Quitéria para lhe auxiliar. Muito ágeis e graciosas, eram sempre designadas para servir os convidados durante as festas da fazenda. Embora muito parecidas fisicamente, tinham personalidades bem diferentes. Raimunda, a mais velha das duas, foi aos poucos se revelando, começando a fazer Quitéria questionar sua escolha. Era uma pessoa de vista alta, exibicionista, invejosa, chegada numa intriga. Vivia repetindo que só se casaria com homem rico, pois não queria continuar naquela vida para sempre. Já sua irmã, Francisca, era um doce de pessoa. Delicada nos movimentos, sabia usar a atenção e o respeito na dose certa e, por isto, conquistar a simpatia de muitos.

No primeiro dia da festa, Nonato, filho adotivo de um coronel da vizinhança, chamou a atenção das duas irmãs. Raimunda viu nele a possibilidade do casamento vantajoso que sempre sonhou. Começou a usar todos os truques para chamar sua atenção. Francisca, por sua vez, sentiu muita pena ao vê-lo deslocado, a despeito do esforço que seus pais faziam para entrosá-lo nos grupos sociais. Assim, procurou atendê-lo com muita discrição e simpatia.

Nonato começou a dar uma ou outra palavrinha com Francisca, mas sequer notou o esforço que Raimunda fazia para atraí-lo, o que a deixou possessa de raiva. "Quem ele pensa que é?", dizia para si mesma. "Ele vai ver como eu arranjo coisa melhor."

A festa transcorria muito animadamente. Música, dança, bebida à vontade, ânimos exaltados, mas sem nenhum incidente comprometedor. Arthur, irmão caçula de Amélia, comandava a cantoria com sua viola. Tinha o dom da música e uma voz entoada e firme, voz de peito.

Quitéria, atenta, percebeu que na sexta-feira Raimunda ficara um bom tempo sem voltar à cozinha para reabastecer sua bandeja.

No segundo dia, quando notou sua ausência, resolveu conferir o que estava acontecendo. Procurou-a entre os convidados, e nada. Achou a bandeja encostada na parede externa da casa. Astuta, conferiu os convidados para ver se identificava quem estava faltando.

No domingo, novamente. O convidado de quem suspeitara sumiu ao mesmo tempo que Raimunda. Matou a charada. Depois de um tempinho, avistou-a vindo de trás do Defumador. Logo depois veio o suspeito, que para sua surpresa não era quem ela estava pensando. "Canalha, encarnação do diabo, não respeita nem a roupa que veste!", murmurou Quitéria.

Tentou tirar satisfação com Raimunda, mas ela deu de ombros e respondeu que era ela quem cuidava da vida dela e que a deixasse em paz.

O fim de semana de festas encerrou-se com a missa rezada por Padre Agostinho, irmão de Amélia, e com o Coronel Leôncio levantando Inácio nas alturas, sob os olhos invejosos de seus pares. Em seguida, soprou por ele sua primeira velinha, ao final do *Parabéns pra você*, com balões subindo aos céus e uma rajada de foguetões que fizeram o menino tremer de susto e chorar até adormecer.

Bento, nesse dia, ficou com as outras crianças no Caracol, sob os cuidados de Matilde, que, por recomendação do Coronel, manteve todas elas longe da Casa Grande por todo o final de semana.

Na quinta-feira, após o fim de semana da festa, era o dia em que Inácio e Bento completavam o primeiro aninho.

Amélia tinha mandado Quitéria guardar vários docinhos que sobraram da festa de Inácio e preparar um bolo generoso para comemorar o aniversário de Bento.

Quando a tarde foi caindo, agasalhou bem Inácio e saiu sorrateiramente para o Caracol, com uma sacola cheia de pequenos mimos para distribuir para as crianças. Levou também alguns brinquedos que Inácio havia ganhado em excesso para os menores e uma bola para que os maiores brincassem coletivamente. Foi um momento de muita paz, com os dois aniversariantes acordados, brincando tranquilamente.

Na manhã seguinte, bem na hora que Coronel Leôncio costumava sair para fazer a ronda na fazenda, Raimunda o cercou:

— Coronel, D. Amélia esqueceu essa bola ontem, na festa de aniversário de Bento, lá no Caracol. Bento e Inácio se divertiram muito. D. Amélia é mesmo uma santa, que Deus a proteja!

O Coronel encarou-a de frente e disse bem sério:

— Leve essa bola de volta para o Caracol. O que a minha mulher faz, eu não desfaço.

Raimunda retirou-se desconfiada, mas sabia que tinha plantado a discórdia.

Leôncio chegou em casa, na hora do almoço, sem dar uma palavra. Comeu emburrado, foi para a biblioteca ruminando sua raiva. Não daria a Raimunda o gostinho de vê-lo brigando com Amélia.

À noite, assim que Inácio dormiu, foi tirar satisfação com ela no quarto.

Ela não teve como negar. Disse que tinha pena de Bento, seu afilhado, passar o aniversário em branco. Que foram apenas as sobras da festa de Inácio. E completou:

— Os meninos estão crescendo juntos. Isso não é justo. O pobrezinho sequer pôde ver a festa de Inácio de perto.

— Não quero meu filho naquele antro imundo! — Retrucou ele.

— Por falar em antro imundo...

— Chega! Não venha se aproveitar para vir com suas ideias de irmã de caridade. Sua época de convento já se acabou há muito tempo. O Caracol está melhor do que eles merecem. E que isso não se repita mais.

E assim encerrou-se o assunto. Antes de dormir, Amélia se ajoelhou e pediu com todo o fervor a intercessão de Nossa Senhora para que ela pudesse melhorar as condições do Caracol. Que lhe enviasse algum sinal, alguma solução. Passou a pedir todas as noites e todas as vezes que ia à capelinha.

Pela manhã procurou Quitéria para saber se ela tinha ideia de como o marido tinha ficado sabendo da festa.

Quitéria lhe respondeu que certeza não tinha, mas desconfiava de quem teria sido. Iria procurar saber e depois lhe contaria.

Chamou Raimunda e disse que, se ela aprontasse mais uma, seria expulsa da cozinha e ia ter que ir para um trabalho bem mais pesado. Quitéria ainda não tinha se esquecido da cara de inveja que ela fez quando D. Amélia enviou as peças do enxoval para o neném de Zefa. Tinha certeza que ela aprontaria alguma, mas, com a morte da pobre mulher, não teve tempo para destilar seu veneno. Tinha notado a mesma sombra perpassando seu semblante quando ela viu D. Amélia chegando ao Caracol.

Depois do ocorrido, Quitéria passou uns dois dias de cara fechada. Embora fosse bem tolerante com os defeitos humanos, sua paciência com pessoas invejosas costumava ser bem pequena. Mesmo sabendo, no fundo de seu coração, que elas mereciam mais pena do que raiva, não conseguia aceitar esse deslize. "Inveja todo mundo pode ter em algum momento de fraqueza em suas vidas, de falta de fé em si mesmo. Agora, agir por inveja, fazendo coisas para prejudicar outras pessoas, ah, isso é coisa de gente ruim", vivia a repetir. E essa atitude de Raimunda a irritou muito. Precisava ter cuidado com ela.

Quanto à D. Amélia, preferiu deixar o assunto morrer ali, para não pôr mais lenha na fogueira.

10

Inácio com um ano, Amélia decidiu que já era hora de retomar a escola. Tinha engravidado novamente há uns cinco meses, mas não chegou a completar três meses de gravidez, como tinha acontecido algumas vezes antes da gravidez de Inácio. Na primeira vez, contou a Leôncio, que quase morreu de tristeza e preocupação quando ela o perdeu. Depois disso, quando suspeitava que estava grávida, confidenciava apenas a Quitéria, para não criar vãs expectativas nos familiares.

Ritinha continuaria com ela e, já muito acostumada com as vontades dos meninos, tomaria conta dos dois durante a manhã. Os meninos mamariam, tomariam banho de sol e em seguida dormiriam tranquilamente até ela voltar. Qualquer coisa que precisasse, tinha muita gente na cozinha para acudi-la.

Leôncio protestou de todas as formas, inclusive dizendo que Bento já poderia ficar no Caracol com Matilde, como as demais crianças. Amélia respondeu que aquele era um trato dela com Deus e que não permitiria que ninguém a impedisse de cumpri-lo.

Depois de passar um bom tempo fechado, o local onde dava aulas estava muito deteriorado, cheirando a mofo. Não poderia continuar daquela forma. Então começou aos poucos a convencer o Coronel a reformá-lo.

— É época de vacas magras, não posso sair gastando às cegas — retrucou Leôncio.

— Tenho umas economias que meu pai me deu quando me casei com você. Vou usá-las.

— Seu pai lhe deu recursos para protegê-la de algum infortúnio, Amélia. Não para você sair desperdiçando à toa.

— Não é desperdício, Leôncio. Vai até valorizar a fazenda, que já é um modelo em muitos aspectos!

Ele suspirou profundamente sabendo que perderia a batalha e perguntou quais eram os planos dela.

Ela saiu correndo e o abraçou com carinho.

— Eu sabia que dentro dessa sua carcaça tinha um coração de ouro! — E abriu em cima da mesa os rabiscos que tinha feito.

— Mas vai ficar maior do que a escola de Vale Fundo, meu Pai do Céu!

— Não exagere, Leôncio. Mas já que vamos fazer, tem que ser de uma vez, para não ficarmos aumentando aos poucos. Vou pedir a ajuda de meus pais. Eles têm um marceneiro muito bom e madeira adequada para fazer as mesas e as cadeiras. E podem me mandar uns ajudantes também, para trabalhar na obra.

Ao ver os olhos da esposa amada faiscando de alegria, Leôncio abriu aquele sorriso generoso que só de vez em quando ele dava. Não conseguiu esconder sua felicidade, embora não gostasse da artimanha dela. Não a entendia. Amélia tinha tudo o que precisava. Podia matar seu tempo lendo, fazendo algum trabalho manual, visitando seus pais e amigas. Mas preferia se sentir útil e ocupada com trabalhos fora de casa.

Amélia foi visitar seus pais no dia seguinte para acertar tudo. Em seguida foi ver Madre Maria.

Chegando lá foram dar uma volta pelo pátio para conversar.

— Quais são as novidades, minha querida?

— A boa notícia é que consegui a aprovação de Leôncio para construir a escola e o apoio de meus pais para mobiliá-la, não é magnífico? E agora vai ser bem maior do que o "quartinho" em que comecei antes de Inácio nascer. Teremos três salas de aula, com quadro negro e carteiras de madeira, além de um cômodo para abrigar uma pequena biblioteca. Tudo de alvenaria, coberto com telhas de barro, bem iluminado e arejado!

— Mais uma vitória, com a bênção de Deus! Mas percebo que alguma coisa lhe aflige, Amélia. Estou certa?

— Sim, Madre, acho que estou em pecado.

— Não sou padre, Amélia, não posso lhe perdoar os pecados — disse a Madre em tom de brincadeira —, mas me diga o que está acontecendo.

— Sinto que no fundo estou usando a fraqueza de Leôncio a meu favor. Em nossas discussões, para convencê-lo a aceitar as melhorias que estou propondo para os empregados e seus filhos, acabo por apelar para a vaidade dele. Não é errado, Madre? Eu não deveria, ao contrário, ajudá-lo a eliminar esse defeito, tirá-lo desse pecado ao invés de instigá-lo para conseguir o que eu acho que é certo?

— E quanto tempo você gastaria para mudar seu marido? Talvez uma vida inteira, talvez nunca. Tentar mudar o outro é uma tarefa muito árdua e penosa. Mudar é uma decisão de cada um. E não me parece que ele esteja em conflito com a vaidade dele. Tente ver o problema sob outra perspectiva, Amélia.

— Tenho tentado, mas sempre acabo achando que estou errada. Afinal, os meios justificam o fim? Em nome de grandes causas, quantas pessoas já cometeram as maiores atrocidades? A história está cheia delas.

— Acho que estamos falando de coisas de dimensões diferentes, minha filha. Pense que sua obra vai se perpetuar por gerações. Essas crianças serão adultos alfabetizados e um dia criarão filhos alfabetizados. Você está quebrando um ciclo de injustiças criado pela escravidão neste nosso país. Pode ser pouco se olharmos para o país inteiro, mas dará frutos, Amélia, tenho certeza.

— Penso nisso também, mas mesmo assim fico incomodada.

— Não misture as coisas. Pense que a vaidade de Leôncio vai fazê-lo exibir sua boa obra, e isso fará com que outros invejosos, igualmente vaidosos, queiram imitá-lo.

— Tenho planos de trazer crianças de outras fazendas para estudar comigo no futuro, Madre, mas ainda nem mencionei isso a meu marido. Quem sabe pelo menos os outros coronéis as deixem vir? Também quero ter mais uma professora no próximo ano. Assim posso dividir a turma em níveis diferentes.

— Você é muito pura, Amélia. Tenho certeza que Leôncio percebe seu jogo e acaba cedendo a seus desejos porque lhe ama muito. Seja menos exigente com você mesma. Você está no caminho certo.

— Muito obrigada, Madre Maria. A senhora não imagina a minha alegria toda vez que uma criança começa a ler.

O Tempo, apreciando aquele encontro, pensou em como a vida, esse tecido urdido por tantas linhas diferentes, pode trançar caminhos que nos levam mais longe.

11

Certo fim de tarde, depois que a obra da escola já estava terminada, o céu escureceu de repente. As nuvens eram tão pesadas que a noite parecia ter caído antes da hora, apagando céu e terra, dando a sensação de que o caos havia se apoderado de tudo. As aves fugiam em debandada. Os animais estavam inquietos. Não havia dúvida de que viria uma tempestade fortíssima. Amélia pediu a Ritinha que dormisse lá em cima, junto a Inácio, e não no porão como sempre fazia.

Até o rádio, que Leôncio sempre ouvia depois do jantar, se negou a funcionar naquela noite.

Os capatazes ordenaram que alguns empregados percorressem a fazenda verificando se estava tudo certo, porteiras fechadas, gado no curral, o nível da represa. Queriam evitar qualquer problema.

No Caracol estavam todos apavorados e se recolheram mais cedo naquele dia. Há muito não se via nada igual por aquelas bandas. O vento se intensificou, e pingos grossos de chuva começaram a encharcar a terra, exalando seu cheiro molhado. Havia algo de tenebroso no ar, de ameaçador. Raios enormes cortavam o céu da fazenda, convertendo-se em trovões estrondosos.

Os empregados se ajoelharam, cada um se agarrando à sua crença. A cada raio, a cada trovão, a gritaria começava. E, em coro, começaram a pedir a bênção de seus protetores. Quando se aproximava da meia-noite o vento se transformou em um vendaval sem precedentes, uivando alto, aterrorizador, fazendo tudo tremer, parecendo provocar cada vez mais a ira da natureza.

Na Casa Grande, Amélia estava em pânico. Não pela família, pois sabia que podia haver algum estrago em sua casa, mas estariam protegidos. Pensava no Caracol. Sabia que, no estado que estavam, as instalações provavelmente não resistiriam. Pediu a Leôncio para mandar alguém lá e trazer pelo menos as crianças e suas mães para o porão da Casa Grande, ou mandar se abrigarem nas casas dos capatazes, no Vilarinho. Mas àquela altura já era impossível sair de casa. Começou a rezar para alguém ter a ideia de levar as crianças para o prédio da escola, que era o mais perto e o mais seguro por lá. Temia que até a nova cozinha e os banheiros sofressem avarias com a queda das instalações antigas, pois tinham sido construídos próximos a ele.

Quitéria, percebendo que as coisas só iriam piorar, mandou as mulheres mais próximas pararem de rezar e agasalharem seus filhos. Mandou os homens percorrerem o Caracol, juntar as crianças e trazê-las envoltas em cobertas. Foram levando todas, primeiro as mais novas e depois as maiores, para o prédio da escola que acabara de ficar pronto. Estavam aterrorizadas. Aos poucos as mulheres foram chegando, encharcadas. Pelo barulho que ouviam, imaginavam o desastre lá fora.

Quitéria exigiu calma de todas, pelo bem das crianças. Se alguma delas ao seu redor começasse a gritar, tacava-lhe um beliscão na surdina para que se calasse imediatamente. Às que estavam ao alcance da vista, lançava um olhar de recriminação e, se não tivesse jeito, gritava mais alto do que todas exigindo silêncio. Com isto foi controlando a situação até o dia clarear. As crianças, mesmo exaustas, dormiram um sono inquieto, estremecendo a cada trovão e a cada rajada de vento que ainda se ouvia.

Os homens tinham ficado para trás, tentando segurar o que restava do Caracol e preservar os poucos pertences que tinham.

Mas a natureza naquela noite estava disposta a mostrar sua força e não perdoou nada. Uma rajada descomunal e duradoura de vento não deixou nada em pé. Levou o Caracol pelos ares e com ele os homens. Os paus das paredes seguiam castigando tudo que encontravam pela frente, fazendo suas vítimas. Poucos conseguiram chegar até a cozinha ou o banheiro, que milagrosamente continuavam de pé.

Enfim o dia amanheceu trazendo consigo um sol intenso, que parecia querer se vingar da chuva, em um trabalho ferrenho para secar a terra encharcada. O céu mostrou seu azul, da cor do manto de Nossa Senhora, para dar aos que nela criam a esperança de tudo se ajeitar. E aos demais, um sinal de paz inconfundível.

Começou-se então a contagem dos prejuízos.

Amélia se levantou cedo e pediu a Leôncio para ir até o Caracol. Chegando lá ficou apavorada com o que viu. Correu para a escola e se certificou de que as crianças estavam bem. Pegou Bento no colo, abraçando o afilhado demoradamente. A providente Quitéria havia superado seu próprio medo e salvado suas vidas. Estavam todas em choque.

Pelo chão, do lado de fora, vários homens estavam em estado deplorável; outros, sem vida. Do Caracol, somente os prédios novos da cozinha e dos banheiros estavam de pé. Tinham sofrido poucos danos. Os capatazes começaram a chegar preocupados com o que teria acontecido na fazenda. No Vilarinho, várias casas estavam destelhadas e tinham sofrido algumas avarias, mas nada de sério havia acontecido com seus moradores. Leôncio mandou um deles à cidade buscar Dr. Américo. Outros foram conferir como estavam o gado e as demais instalações da fazenda. Voltaram com más notícias de todos os lados. Os setores que estavam no caminho da tempestade tinham sofrido muito também. Cercas destruídas, gado espalhado, lavoura encharcada. Faltou pouco para a represa transbordar.

A Fazenda Almeida Bastos tinha sido a mais prejudicada da região, pois estava no caminho do vendaval.

A tristeza era geral, muito choro, muito lamento, muita dor. Dr. Américo chegou trazendo com ele vários ajudantes, pois pelo relato do capataz viu que era trabalho para muitas mãos. Aos poucos começou a chegar ajuda das fazendas vizinhas. Macas foram improvisadas para levar os combalidos para o prédio da escola, agora transformado em enfermaria. Os corpos eram deixados nos banheiros.

Quitéria e Amélia levaram as crianças para a Casa Grande, fazendo o possível para que não vissem a desolação que rodeava o Caracol. Chegando lá, Ritinha se encarregou de Bento e Inácio, e as duas começaram a esquentar água, leite e a preparar alguma coisa para elas comerem e se aquecerem. Amélia juntou algumas cobertas da ala dos hóspedes para que tivessem onde se deitar e se agasalhar. Sentou com elas e começou a contar histórias conhecidas e inventadas, buscando, além de distraí-las, dar algum sentido para o que acontecera. Quando tudo se acalmou, correu para a capelinha e desabou num pranto sem fim. Ajoelhada, gritava para Nossa Senhora:

— Eu lhe pedi para interceder, que me enviasse uma solução para que eu pudesse reconstruir o Caracol. Mas não a esse preço! Meu Deus! O que foi que eu fiz!

O Tempo, condoído pelo sofrimento dela, murmurou: "Ah, os humanos! Acham que têm tanto poder junto a seus santos... Tornam-se insanos em sua crença. Se Nossa Senhora é boa, por que razão enviaria um desastre? Não sofra, Amélia, procurando explicar o inexplicável".

12

A notícia do desastre correu, e a fazenda começou a se encher de curiosos que vinham só apreciar a desgraça alheia. Coronel Leôncio começou a distribuir trabalho para todos eles. Com isto afastou os que só tinham ido se regozijar com o que viam. Para sua surpresa, a ajuda começou a vir, muitas vezes, de quem ele menos esperava.

Os coronéis vizinhos se dividiram com seus peões, cada um cobrindo um setor da fazenda atingido. Foram incansáveis no reagrupamento do gado.

Nonato e seus pais vieram com uma turma para reconstruir os portões dos currais e as cercas que haviam sido danificadas, eles mesmos pondo a mão na massa, com uma perseverança inominável.

Célio Pacheco, contador da família há anos e braço direito de Leôncio nos negócios, sempre presente nos bons e maus momentos, foi um dos primeiros a chegar. Quando o viram, os olhos de Leôncio se encheram de lágrimas. Célio o abraçou carinhosamente, um abraço de pai que só ele poderia lhe dar. Sua presença era o apoio que ele tanto precisava naquele momento, que nem Amélia, nem amigo nenhum lhe daria. Começaram a computar as perdas e a registrar as providências imediatas que teriam que tomar.

Também incansáveis foram Coronel Aurélio, pai de Amélia, e Arthur, seu irmão, que apoiaram Leôncio na recuperação da fazenda, por dias a fio.

De outras fazendas vieram cobertores, roupas, remédios, pães, bolos, grãos e carne defumada. A cozinha do Caracol se transformou em uma área comunitária, sob o comando de D. Carmem, mãe de Amélia. Ali se preparava o suficiente para alimentar a todos.

O Padre veio para o enterro dos desafortunados e celebrou uma missa rogando por suas almas, pelo bem de todos e pela recuperação dos doentes e da fazenda.

Na cozinha da Casa Grande, Quitéria sozinha dava conta de tudo para alimentar as crianças e cuidar de Amélia. Tinha sempre uma broa e um café quentinho para quem chegasse de surpresa, e um jantar gostoso, pronto no fim da tarde, para acalentar o Coronel.

Madre Maria, quando soube do acontecido, esperou alguns dias para as coisas se acalmarem um pouco, e foi ver Amélia. Encontrou-a desolada, abatidíssima. E com calma foi conversando com ela. Amélia lhe contou como estava em conflito. Sabia que o Caracol estava em péssimas condições, mas não tinha conseguido convencer Leôncio a reformá-lo. Havia pedido todas as noites para que Nossa Senhora intercedesse e lhe mostrasse uma solução. E completou:

— Veja o que eu consegui, Madre! O que eu faço agora? Isso é para me castigar? Onde foi que eu errei?

— Minha filha, acalme-se. Continue confiando em suas orações. A natureza não faz nada em vão. Você vai ver como isso vai mudar muita coisa e que frutos ainda vão ser colhidos dessa desgraça.

— Mas a que preço, Madre? A que preço? Não, não acredito nisso. Quantas crianças traumatizadas, sem pai? Quantas viúvas fizemos? Quantos homens terão sequelas para o resto de suas vidas? Não, não é justo. Enquanto isso minha família aqui protegida! E Bento? A senhora pode imaginar a minha aflição quando eu pensava no que podia acontecer com ele? Ele é como um filho para mim, Madre.

E desabou em choro alto, há dias contido, entrecortado por soluços.

Madre Maria a acalmou:

— Eu sei, minha filha, mas acredite: Deus sabe o que faz.

— Desculpe-me, Madre, mas não gosto desse Deus, da forma como faz as coisas. Por que precisa semear tragédia antes da chegada do bem? Não pode só trazer o bem? Estou de mal com Ele.

— Não blasfeme, Amélia! Dê tempo ao tempo, ele é o melhor remédio. Por que, em vez de ficar pelos cantos chorando sobre o leite derramado, você não faz alguma coisa útil? Comece a fazer seus planos para a construção do novo Caracol.

Amélia ficou calada, com as lágrimas rolando face abaixo, remoendo suas dúvidas, com Madre Maria pacientemente esperando, com a mão dela entre as suas. Depois deu um grande suspiro e respondeu:

— Já está tudo pensado, Madre. Toda vez que eu ia lá, ficava observando e matutando o que poderia ser feito. Agora, é o mínimo que posso fazer. Vamos tomar um café com broa. Vou lhe contar meus planos.

A partir daí, Amélia começou a trabalhar na reconstrução do Caracol. Quando os operários chegaram, ela já sabia tudo o que queria que fosse feito. Demarcou pontos no chão, seguindo o declive do terreno, e passou dias e dias a instruir os trabalhadores, para total espanto de Leôncio e, porque não dizer, de todos. Só descansou quando o Caracol, reconstruído com paredes sólidas e rebocadas, ergueu-se no lugar do antigo.

Uma semana depois, passou um grupo de trabalhadores ambulantes procurando ocupação pelas redondezas. Leôncio tinha muito trabalho para eles. Foram recuperar as lavouras. Os que mostraram bom desempenho foram contratados para substituir os que não resistiram à tragédia.

Um mês depois a fazenda começou lentamente a voltar à normalidade. Mais outro mês e as coisas já começaram a fluir em bom ritmo. O pior já havia passado.

Amélia passou a ter bem mais cuidado com o que pedia em suas orações. Agora escolhia bem as palavras e deixava claro que não queria nada a troco de desgraças.

A tragédia que assolou a fazenda fez Leôncio refletir muito sobre si mesmo e sobre os outros. Porém o que mais o incomodou foi constatar que ele mesmo não teria feito por outros o que tanto recebeu de muitos.

Algum tempo depois Leôncio sugeriu que fizessem um grande churrasco em agradecimento a todos aqueles que ajudaram na reconstrução. Foi a primeira vez que a beira da lagoa da Fazenda Almeida Bastos presenciou uma festa em que todos, patrões e empregados, ricos e pobres, letrados e analfabetos, brindaram juntos, como iguais.

Amélia não conseguia se conter de tanta alegria. O tempo havia começado a aliviar a dor que as más recordações daqueles dias tenebrosos cravaram em seu coração.

Refletiu o Tempo: "Que interessante, Amélia, essa balança da vida. Como se pode colher de um mesmo incidente tanto sofrimento e também tanta alegria? A vida é apenas um conjunto de perdas e ganhos, mas somos nós mesmos que escolhemos o que colocar em cada prato da balança".

13

Os meninos foram crescendo. Bento falou primeiro. Inácio andou primeiro. E assim chegaram aos dois anos de idade. Por não conseguir pronunciar o nome de Inácio corretamente, Bento começou a chamá-lo de Ciço. Em pouco tempo Inácio era chamado de Cicinho por todos na fazenda, para o desespero do Coronel, que o chamou de Inácio, nome de seu pai, até o último dia de sua vida.

Amélia decidiu que, depois do desastre ocorrido, não fariam festa naquele ano para comemorar o aniversário de Inácio.

D. Carmem resolveu então fazer uma reunião simples em sua fazenda, só para as duas famílias, assim o neto não passaria o aniversário em branco. Amélia levou Ritinha e Bento com ela, ignorando a cara de "quem comeu e não gostou" de Leôncio. Tinha mandado fazer um caminhãozinho de madeira e levou-o com ela. Assim, quando Inácio começasse a ganhar os presentes, ela teria alguma coisa para Bento. Havia também comprado roupas novas para o afilhado, para que usasse no aniversário.

Após o *Parabéns para você* cantado para Inácio, Amélia mandou acender de novo as velas, e todos tiveram que cantar para seu afilhado também soprá-las.

Na hora de comer o bolo, Amélia notou, consternada, que alguns estavam retirando o glacê de cima, inclusive sua mãe. Resolveu provocá-la:

— Não gosta de glacê, mamãe?

— Dizem que engorda, estou ganhando peso — disse ela depois de gaguejar um pouco.

— É só o de cima do bolo que engorda? O do lado não, mamãe?

D. Carmem mudou de assunto com o pretexto de buscar alguma coisa na cozinha. Embora não falasse nada, começou a questionar que tipo de coisas tinham colocado na cabeça da filha naquele convento. E suspirava, desejando que o tempo voltasse para que ela pudesse fazer tudo diferente.

Somente Arthur piscou despistadamente para Amélia, com ar de aprovação.

No terceiro ano de vida das crianças, Amélia começou a notar que Bento parecia ser bem mais concentrado do que Inácio. Se ela contasse uma história, Bento gravava tudo e quando ela a repetia ele completava as frases dela. Se ensinasse uma canção, Bento a decorava e cantava junto. Inácio não se interessava muito nem pelas histórias, nem pelas músicas, livros e brinquedos pedagógicos. Era mais inquieto, não gostava de ficar parado. Mas, quando as escutava, gravava com facilidade. Tinha boa memória também.

Pesarosa, Amélia teve que admitir que era bem mais fácil brincar com Bento do que com Inácio. Ele encaixava tudo, construía formas diferentes. Depois derrubava para fazer tudo de novo, e a cada vez criava uma nova forma. No seu íntimo, tinha que reconhecer que gostava mais de Bento do que de seu próprio filho. Sempre pedia perdão a Deus por isso, mesmo sem ter certeza de que era pecado.

Embora se afastasse, Inácio sempre observava sua mãe e Bento brincando juntos, como se os dois estivessem em um círculo no qual ele não cabia, ou não havia lugar pare ele. Fingia, então, que não ligava.

Bento, por sua vez, sentia um vazio por dentro toda vez que o Coronel se aproximava deles, pegava Cicinho no colo e o levava com ele. Amélia percebia seu olhar comprido e tentava voltar sua atenção para o que estavam fazendo. Mas sempre notava que o humor de Bento mudava depois disso. E era tomada por um sentimento de impotência total.

Amélia, vendo-os crescer, começou a sentir muita compaixão pelos dois: por Inácio, porque certamente teria oportunidades de mais e talvez habilidades de menos; e por Bento, porque teria oportunidades de menos e provavelmente habilidades de mais. Começou então a se preparar para tentar dar a cada um deles o que mais iriam precisar, na esperança de tornar melhor os seus futuros. Mas isso, só o tempo revelaria.

Assim chegaram aos três anos de idade.

14

Para os três anos de Inácio, Leôncio e Amélia fizeram novamente uma festa do gabarito da que tinham feito quando ele completara um ano de idade.

A família de Amélia compareceria em peso novamente, e D. Carmem, sempre presente nos preparativos da festa, não poupava comentários. Aliás, ela era bem propensa a dar opiniões em tudo o que podia, não se esquivando de introduzir em sua lista coisas que nada tinham a ver com o que estavam fazendo.

Amélia, sempre habilidosa, conhecendo a mãe como ninguém, fingia não escutar o que não lhe interessava. E assim as duas iam conduzindo em paz o que precisava ser feito.

Novamente a festa se estenderia da sexta-feira à noite até o fim da tarde de domingo, com a missa rezada por Padre Agostinho.

Arthur na viola, dessa vez formando dupla com seu filho mais velho, com quem costumava ensaiar noite adentro nos finais de semana. Estavam com um repertório respeitável e já cantavam várias músicas em duas vozes e outras tantas intercalando os trechos entre os dois. Com isto a dança corria solta. De longe se ouvia o barulho dos pares que, de tão bêbados, acabavam caindo na lagoa. Tudo era motivo de risos.

Os mais jovens preferiam se reunir na varanda da casa, pondo para tocar no gramofone os sucessos de Frank Sinatra, que estavam estourando na época, e a ensaiar os passos novos que viam no cinema.

Nonato, novamente isolado, a despeito do esforço de seus pais em tê-lo junto aos outros. Só Francisca conseguia arrancar dele algumas palavras ou até um sorriso discreto.

Pela segunda vez, Quitéria notou a ausência de Raimunda e de novo confirmou, indignada, quem era o responsável por ela, xingando-o em silêncio de todos os palavrões e impropérios que lhe vinham à mente.

Desta vez todas as crianças da fazenda puderam participar da festa. Ficaram ainda meio arredias, por imposição dos próprios pais que, preocupados, lhes recomendaram bom comportamento e, principalmente, que não avançassem na comida. Mas Francisca sempre conseguia um jeito de lhes levar de tudo, deixando-as tirar o quanto quisessem.

Para Amélia, já era uma grande vitória.

15

Entre os três e quatro anos de idade, Amélia seguiu com seu plano de educar os dois meninos em conjunto. Todas as tardes, após a sesta deles, sentavam-se na varanda e começavam as atividades sempre intercalando brinquedos de livre escolha deles com os pedagógicos.

Muitas vezes Inácio se distanciava dos dois. Sentia que não pertencia àquele mundo, à família. Catava umas pedrinhas e contornava o espaço em que eles estavam. Amélia ria e elogiava o trabalho dele, sem perceber os sentimentos do filho. Convidava-o a entrar, mas ele fingia que não ouvia e continuava com seus brinquedos. Preferia ficar riscando a areia, montando figuras com pedrinhas, ou sair correndo com os cães que viviam nos arredores da Casa Grande, e que não perdiam a oportunidade de brincar com as crianças. Ou simplesmente ficava observando os insetos nos canteiros mais próximos.

A essa época, Amélia decidiu que aprenderia a dirigir. Achou que facilitaria muito sua locomoção dentro da fazenda, não precisando esperar por ninguém para arrear um cavalo ou levá-la aonde queria ir. Conversou com Almir, um dos capatazes mais antigos da fazenda, e lhe pediu umas aulas.

Quando Leôncio ficou sabendo, logo ponderou:

— Amélia, uma senhora do seu nível não precisa sair por aí dirigindo. Por Deus, Amélia!

— Que mal tem, Leôncio? Vai me facilitar a vida. Não gosto de depender de ninguém.

— É perigoso, Amélia.

— Por que é mais perigoso para as mulheres do que para os homens?

— O volante é pesado, as marchas são duras. Você é muito frágil, minha querida.

— Deixe-me tentar, pelo menos.

Leôncio resolveu que a deixaria tentar, pois tinha certeza de que ela não conseguiria.

Ela começou as aulas no dia seguinte, todas as manhãs, bem cedo.

Em quinze dias estava rodando pela fazenda em uma caminhonete. Leôncio decidiu então comprar um carro novo, com mais recursos, e por isso um pouco mais leve, para deixar exclusivamente à disposição dela. Assim ela sossegaria.

Ledo engano.

Dias depois Amélia resolveu ir a Vale Fundo a pretexto de procurar material para a escola e para Cicinho e Bento. Chamou Almir para acompanhá-la e foi ela mesma dirigindo, para loucura de Leôncio.

Chegando a Vale Fundo, procurou saber o que precisaria fazer para tirar carteira de motorista. Almir a seguia observando tudo, mas sem dizer palavra, em respeito à patroa. Amélia descobriu, contrariada, que haveria exame em um mês, mas que ela precisaria da autorização de seu marido para fazê-lo.

Chegando à fazenda, Almir procurou Leôncio, temendo que ele o responsabilizasse pelo ocorrido. Narrou tudo.

Amélia continuou treinando com Almir a seu lado, pois não queria passar pelo vexame de ser reprovada no exame.

Leôncio, com ar de vitória, ficou aguardando que ela apresentasse o documento para assinar. Passou-se uma semana, e Amélia não tinha coragem de apresentar o papel ao marido. Não por medo, mas por sentir-se humilhada. Remoía com seus botões: "como se não bastasse toda a luta das mulheres pelo direito de votar em pé de igualdade com os homens, agora mais essa: pedir autorização ao marido para poder dirigir um carro? Ah! Isso é demais".

Leôncio a enchia de perguntas sobre sua ida a Vale Fundo, provocando-a, sem dó.

Com a data se aproximando, não teve escolha a não ser fazer o que ela denominou de "a maior humilhação de sua vida": apresentou o documento para ele assinar.

— O que é isso?

— Veja bem, Leôncio! Não está satisfeito com minha humilhação e ainda vai prolongar meu sofrimento? Assina logo isso aí, por favor.

Leôncio soltou uma gargalhada bem alta e assinou o papel. Sabia que ela não sossegaria enquanto não conseguisse. E recomendou:

— Não quero você sozinha nessa estrada para Vale Fundo, ouviu? Já pensou se fura um pneu? Ou se o carro dá algum defeito? Vá sempre com um dos rapazes que trabalham aqui na casa. Promete?

— Vou pensar — respondeu Amélia.

Tirou a carteira. Sentia-se libertada, alforriada, suas fronteiras enormemente expandidas, seu direito de ir e vir finalmente garantido.

A essa altura da vida Leôncio se sentia tão recompensado por ter encontrado Amélia, que raramente se lembrava de seus anos de penúria, das trágicas perdas das esposas e dos filhos. Havia sido agraciado com um amor tardio, maduro, que viera para compensar todas as suas perdas. Tudo tinha ficado para trás.

Passou a achar mais graça das coisas que Amélia inventava do que a ter raiva. Amava-a tanto que sequer conseguia conceber sua vida sem ela. Tinham lá suas rusgas, é verdade, mas, no frigir dos ovos, podia se considerar um homem feliz, conduzindo sua vida com mais leveza.

Não há dor que o tempo não cure, pensava.

16

Leôncio e Amélia decidiram que passariam o aniversário de quatro anos de Cicinho na praia, para ele conhecer o mar. Eles e os pais de Amélia ficariam em duas casas interligadas por um jardim lateral, que servia a ambas.

Amélia levou Ritinha e Francisca para ajudar nos serviços das duas casas. Raimunda fez de tudo para convencer Amélia a levá-la no lugar de Francisca, depreciando a irmã de uma forma tão vil, que chegou a enojar a patroa. Levou Francisca e Ritinha, para o desespero de Raimunda, que teve que engolir sua inveja.

Na casa ao lado da deles havia um casal com duas filhas que logo fizeram amizade com Cicinho. Brincavam durante a manhã na areia da praia e, no final da tarde, as meninas apareciam com a babá para se juntarem a Inácio e Ritinha. Sempre traziam suas bonecas. Inácio largava seus brinquedos e se agarrava às bonecas, trocando suas roupas, mexendo em seus cabelos, feliz na companhia delas. Ritinha morria de rir.

Certo dia Leôncio o surpreendeu nessa brincadeira. Arrancou-lhe abruptamente as bonecas das mãos gritando que filho dele não brincava com bonecas. Inácio, aos prantos, sem sequer entender a reação do pai, sentindo-se agredido e assustado, correu à procura da mãe. As meninas foram embora e não mais voltaram.

Amélia ainda tentou argumentar com Leôncio.

— Qual é o problema, Leôncio? É diferente para ele. Isso é curiosidade de menino.

Leôncio não respondeu.

Inácio toda tarde ficava na varanda com o olhar comprido na direção da casa das meninas. Ritinha dizia que elas tinham ido embora para a outra casa delas. Ele chorava em silêncio.

Quando voltaram, Leôncio exigiu que Amélia trancasse a sete chaves a única boneca da casa, que ela tinha desde criança. Ela obedeceu para evitar desavenças.

Afora esse incidente, foram duas semanas maravilhosas. A primeira vez que Cicinho e Amélia se separaram de Bento por muitos dias. Quando retornaram, Cicinho e Bento correram um para o outro e se abraçaram saudosos. Cicinho trouxera um punhado de conchinhas que tinha catado com a mãe para dar a Bento. Em seguida saíram correndo pelos jardins da Casa Grande, Cicinho contando como era a praia, os castelos que tinha feito com areia, e os dois criando mil histórias com as conchas do mar. Quando se cansaram de brincar, Bento olhou para Cicinho, com os olhos cheios d'água, e disse:

— Eu queria ter um pai para me levar para ver o mar.

— Não fique triste, Bento. Eu vou lhe emprestar o meu.

Depois disso Bento não quis mais brincar. Ficou a tarde toda na cozinha arrodeando Quitéria que, atarefada, não percebeu a dor do neto.

A cada dia ia ficando mais claro que as duas crianças mostravam características muito distintas. Amélia começou a brincar com números. Bento contava até dez com muita facilidade. Cicinho se enrolava no meio do caminho. Bento se concentrava no que fazia. Cicinho saía correndo, se afastando deles, procurando alguma coisa para se entreter.

Amélia às vezes queria se impacientar com Inácio, mas ponderava que ele era ainda muito pequeno e que cada um tinha seu ritmo.

O incidente das bonecas na praia colocou mais uma pulga atrás da orelha de Leôncio. Sempre implicou em silêncio com a forma de Inácio andar. Achava que ele tinha um leve requebrado. Por outro lado, o andar do filho lembrava o de seu próprio pai, de quem ele achava que o filho tinha herdado muita coisa, além do nome. Começou a consertar o andar de Inácio. Fez jogo duro:

— Inácio, anda direito!

— Como, papai? Estou andando errado?

— Vou lhe mostrar.

Segurava as cadeiras dele e o mandava andar sem mexê-las. E repetia isso todos os dias, numa verdadeira guerra com o filho.

Quitéria, inconformada com aquela atitude do Coronel, soprou à Amélia que o andar do menino era igual ao do avô, pai do Coronel. Certo dia Amélia se impacientou de vez. Quando a tortura diária terminou, chamou o marido em particular e desabafou:

— Pare de torturar seu filho!

— É de menino que se torce o pepino!

— Mas ele puxou ao avô! Vai andar assim para o resto da vida! Por acaso você achava que seu pai não era homem o suficiente?

— Só pode ter sido Quitéria que lhe botou coisas na cabeça!

— Quem herda não furta, Leôncio!

Ele retirou-se para o escritório. Passou dias emburrado, mas nunca mais falou no assunto.

Inácio chegou aos cinco anos. Era um menino robusto, de cabelos levemente ondulados, olhos castanhos, rosto um pouco arredondado, como o do seu pai, e o queixo partido, como o do avô Ignacio.

Bento também havia crescido bastante, prometia ser mais alto do que Inácio, mas isto só o tempo poderia confirmar. Tinha olhos redondos, castanhos, grandes e brilhantes como os de sua mãe. Quando sorria, duas covinhas marcavam suas bochechas, tornando-o ainda mais simpático.

Inácio novamente ganhou uma festa maravilhosa. "Meia dezena de anos", dizia Leôncio, não se contendo de alegria. "Agora posso dizer que o menino vingou!" Como das outras vezes, muita cantoria, muita dança, comida e bebida à vontade.

Nonato e Francisca, sempre que podiam, trocavam algumas palavras, para o desespero de Raimunda, que não se continha de inveja, tentando arrumar alguma forma de atrapalhar, inventando que Quitéria a estava chamando na cozinha e outras coisas mais. Ao fim da festa, Nonato combinou com Francisca de saírem para um passeio em Vale Fundo depois da missa de domingo. Ele a traria de volta à fazenda.

Pela terceira vez, Quitéria notou a ausência de Raimunda e mais uma vez confirmou, indignada, quem era o responsável por suas sumidas. "Canalha, canalha, canalha!", pensou consigo mesma.

Dois meses depois da festa, Quitéria notou Raimunda vomitando pelos cantos. Sete meses depois deu à luz um menino a quem batizou de "Uochitom", pois ouvira dizer que era nome de gente importante. Felizmente no registro civil foi grafado o nome correto — Washington. Mas o menino logo seria apelidado zombeteiramente de Chitão, para o desespero da mãe. E nunca mais ninguém se atreveu a chamá-lo por outro nome, a não ser pelo diminutivo Chitãozinho.

Adoção

Só se vê bem com o coração.
O essencial é invisível aos olhos.

Antoine de Saint-Exupéry

Fim de tarde.

Inácio, sentado em sua poltrona, pensativo, aguarda o Tempo, com Guerreiro a seu lado.

— Ah, Tempo. Como eu gostaria de poder voltar atrás... Eu faria tanta coisa diferente.

— Se você voltasse, Inácio, o que você teria aprendido com tudo o que lhe aconteceu?

— Não sei. Pelo menos eu não sentiria essa dor enorme no peito, essa sensação de vazio, esse arrependimento.

— Você, meu amigo, sempre escolhe atravessar o rio por onde ele é mais raso.

— Eu tinha tudo para ser feliz, mas às vezes chego a pensar que escolhi ser infeliz. Não sei se fiz as escolhas certas para minha vida. Sinto um estranhamento dentro de mim que não sei explicar.

— Alguma vez você pensou sobre por que você fez essas escolhas para sua vida? Já procurou nos recantos mais profundos de sua alma os motivos de suas ações?

— Não, nunca. Sequer tenho vontade de tocar nessas chagas.

— Então, amigo, voltar não adiantaria nada. Você voltaria e repetiria tudo.

— E se eu descobrisse, você me deixaria voltar?

— Se você descobrisse, Inácio, não iria querer voltar. Entenderia que pode ser feliz daqui em diante.

Inácio se perdeu em seus pensamentos, em todos os bons momentos que teve em sua vida. Só neles. Queria dormir melhor naquela noite.

17

A Fazenda da Colina era uma propriedade de pequeno a médio porte, bem conduzida, que dava a seus donos, Coronel Norberto e D. Clementina, um casal bem relacionado e respeitado por seus pares, uma boa condição de vida. Já com seus quarenta e tantos anos, ainda não tinham sido agraciados com um filho. Quando perguntados, sempre respondiam que, se fosse para tê-los, Deus os enviaria.

Certa manhã foram surpreendidos com o alvoroço dos empregados na varanda dos fundos da casa. Alguém havia deixado um cesto com uma criança recém-nascida dentro.

O casal, atônito com o ocorrido, começou a tomar as providências necessárias para que a criança não sofresse fome e frio. O menino, em meio a toda aquela balbúrdia, permanecia quieto, dormindo e se espreguiçando de tempos em tempos.

Já se aproximava a hora do almoço quando começaram a discutir sobre o que fazer com ele: avisar às autoridades, falar com o padre, procurar informações sobre sua mãe. Estavam relutantes com a ideia de adotá-lo. Se fosse uma criança branca, não teriam dúvida, já tinham cogitado esta possibilidade várias vezes. Mas uma criança negra era algo para o qual não se sentiam preparados.

Em meio a essa indecisão, uma brisa acabou conduzindo o bilhete, que viera com a criança e havia passado despercebido, até os pés do casal. Foi então que leram a mensagem escrita com uma caligrafia rude e titubeante.

A partir daquele momento não tiveram mais dúvida. Aquela criança tinha sido enviada como uma bênção, um presente de Deus, e completaria suas vidas. D. Clementina, previdente, guardou o bilhete a sete chaves, caso precisasse dele no futuro. Só ela e o marido tinham conhecimento de seu conteúdo. Nem o filho deveria saber dele. Era assim que ela pensava.

Batizaram-no com o nome de Nonato, talvez inspirados pelo nome de algum conhecido, talvez por seu significado — honesto, corajoso — ou quem sabe por sua origem latina, *non natus,* por não ter nascido deles.

Nonato recebeu dos pais adotivos tudo o que um filho biológico receberia. Mimos, cuidados, bons tratos e educação. Porém os comentários dos pares, e às vezes dos próprios empregados, nem sempre eram bondosos para com o casal e a criança. Muitas vezes passaram por situações constrangedoras no convívio com a comunidade local.

Seus pais o apresentavam como "nosso filho por adoção". Em casa sempre repetiam para Nonato que um filho adotado era especial por ter sido escolhido por eles, diferentemente do filho biológico.

Nonato tornou-se um adulto íntegro, de bons modos, instruído e conhecedor dos negócios da fazenda. Quando estava com trinta anos, perdeu seu pai. Foram dias difíceis e de muita dor para ele. Por mais que ele o tivesse preparado para o que viria, enfrentar a nova situação de proprietário e representante da Fazenda da Colina em todos os eventos da região não seria tarefa fácil.

Logo após a morte do pai ocorreria a reunião do Comitê dos Coronéis Fazendeiros, o primeiro grande desafio para Nonato. Sua participação vinha sendo motivo de troça em toda a região.

Na Fazenda Almeida Bastos não foi diferente. Inácio, com seis anos de idade à época, não conseguia entender o que se passava. Via sua mãe recriminando o pai, dizendo que todos eram iguais e que a cor da pele não definia ninguém.

O Coronel respondia com ironia e apostava que a participação do negro na reunião seria um desastre, além de causar um mal-estar entre os coronéis. Amélia retrucava que eles com certeza trabalhariam para isso, pois conhecia cada um deles muito bem. Pedia-lhe compaixão. Leôncio apenas ria, sarcástico.

No Caracol, Bento também acompanhava sem entender a discussão entre os empregados. Poucos eram os que demonstravam respeito. A grande maioria fazia comentários jocosos, a inveja pela sorte de Nonato os corroendo por dentro. "Quem ele pensa que é?", diziam uns. "Aquele cresceu com o rei na barriga", retrucavam outros. "Queria ser uma mosca para entrar lá e ver a cena".

Raimunda aproveitava para fazer troça da irmã, por estar saindo com Nonato, e acrescentava, maldosa:

— Quero ver se, agora que ele virou coronel, ainda vai querer sair por aí de braços dados com uma empregadinha analfabeta.

Quitéria, calada, afagava a cabeça de Bento.

— Vó, por que você está chorando?

— Pelo mundo injusto em que vivemos, meu filho. Pela maldade das pessoas.

Os dois se retiraram e foram dormir.

18

No dia seguinte logo cedo Cicinho e Bento se encontraram na cozinha da Casa Grande. Afastaram-se e, sentados no degrau da porta do Defumador, começaram a conversar sobre o que tinham ouvido.

— Você conhece Nonato, Bento?

— Não, só ouvi falar dele.

— Você acha que os negros são diferentes dos brancos?

— Por fora são, Cicinho.

— E por dentro, será que são iguais?

— Não sei, não, Cicinho.

Mais tarde, naquele dia, os dois meninos entraram chorando na cozinha, com sangue escorrendo pernas abaixo. Quitéria, apavorada, mandou Francisca chamar D. Amélia. Os dois se negavam a contar o que havia acontecido.

Amélia foi buscar gaze, Quitéria pegou água fervida e foram lavar e estancar as feridas dos meninos.

— Como vocês se machucaram? — perguntava Amélia.

— Como vocês conseguiram se machucar do mesmo jeito? — insistia Quitéria.

— E no mesmo lugar? — completava Amélia.

Não havia jeito. Eles não diziam nada.

À noite, antes de dormir, Cicinho confessou para Amélia, e Bento para Quitéria, o que tinha ocorrido. Os dois haviam prometido que nunca contariam a ninguém, e as fizeram prometer que elas também não contariam.

Haviam arranjado duas navalhas e, sentados na beira da lagoa, combinaram que, quando Cicinho gritasse "já", eles arrancariam um pedaço de suas peles da coxa, no mesmo lugar. Queriam saber se negros e brancos eram iguais por debaixo da pele.

Quitéria e Amélia, cada uma em seu canto, dormiram com os olhos cheios d'água naquela noite.

Na manhã seguinte apenas se entreolharam. Nunca mais se falou no assunto. A cicatriz perpetuou-se nos corpos dos dois meninos. O tempo apenas moveu-as lentamente de lugar, à medida que eles cresciam.

Naquele mesmo dia, Nonato enfrentava sua primeira prova de fogo, especialmente difícil. Os coronéis tentaram ignorar sua presença e desconsiderar suas propostas, com deboches. Ele não se deixou alterar, como seu pai sempre o ensinara. Sem arrogância, sem ódio, mas com firmeza na voz e nos gestos, continuou insistindo até que sua voz foi ouvida. Ainda levaria muito tempo para que fosse verdadeiramente considerada.

A voz de seu pai ecoava em sua cabeça: "Sempre dê um passo, meu filho, por menor que seja, dê um passo. Com o tempo, você chegará lá".

No fim de semana seguinte, Nonato pediu Francisca em casamento. Fariam uma cerimônia simples, poucos convidados. Nonato confessou que não conseguiria seguir com seu desafio sem ela a seu lado.

Uma semana depois do casamento, D. Clementina começou a ensinar à nora, aos poucos, tudo o que ela precisaria saber para que sua vida ao lado de Nonato fosse menos difícil. Um dos primeiros passos seria a alfabetização. Não seria uma tarefa simples para nenhuma das duas, mas eram duas guerreiras.

Raimunda implorou para ir trabalhar na fazenda da irmã. Francisca lhe respondeu que não achava que daria certo as duas juntas em condições tão distintas. Conhecia bem a irmã que tinha.

19

No primeiro dia após o casamento, Francisca se levantou e foi correndo para a cozinha preparar o café da manhã do marido. Chegando lá viu que já estava tudo pronto. Todos a cumprimentaram com deferência. Ela se sentiu completamente deslocada. Agradeceu e voltou para o quarto.

— Onde você foi, minha querida? — Perguntou Nonato.

— Até a cozinha, mas já estava tudo pronto. Ia preparar o café para você.

— Vamos para a mesa.

Francisca sentou-se desajeitada. Nonato começou a lhe ensinar pequenas regras de etiqueta. Combinara com a mãe que ele começaria o processo para que ela não ficasse muito constrangida. Francisca assistira os patrões à mesa várias vezes, mas nunca o tinha feito. Começou a praticar.

D. Clementina informou a ela que na próxima semana começariam com a alfabetização.

Quando Nonato saiu e ela se viu sozinha, foi acometida por um medo que não sabia definir de quê. Correu para o quarto. Desejava voltar para a Casa Grande, onde tudo era conhecido e onde sempre se saiu bem em suas tarefas. Agora parecia que tinha que aprender tudo de novo. Não se sentia capaz, havia sido subjugada a vida inteira à posição de auxiliar de cozinha. Nunca se preocupou em aprender nada além disso, pois não tinha sonhos com outra vida, como sua irmã.

D. Clementina deu-lhe tempo e espaço inicialmente, mas depois percebeu que sua tarefa poderia ser mais difícil do que imaginara. Então começou a sentar-se com ela para conversar sobre trivialidades. Perguntava sobre alguma receita que aprendera na Casa Grande e coisas em que ela se sentia mais à vontade em falar.

No fundo, mesmo gostando de Francisca, preferia que Nonato tivesse se casado com uma pessoa de nível mais alto. Mas sabia que aquilo não era mais do que um sonho, por toda a rejeição que ele passara em sua vida, só por não ter "cor de gente rica", como preconceituosamente muitos diziam.

D. Clementina passou a levar Francisca para passear pela fazenda, visitar a horta, pedir sugestões de temperos diferentes para plantar, acolhendo-a e concordando com quase tudo o que ela propunha, para que ela se sentisse mais segura.

Francisca passava a manhã esperando Nonato para o almoço e a tarde ansiosa pelo fim do dia, quando o teria por perto. Não tinha nada a reclamar da sogra, mas ficava insegura na presença dela. Na próxima semana começariam as aulas de alfabetização. Duvidava de si própria, temia não conseguir.

Na segunda-feira, após o café da manhã, correu para seu quarto. Estava desarranjada de tanto medo que estava sentindo, mas tinha que enfrentar.

A primeira lição foi aprender a segurar o lápis. Agarrava-o como se ele fosse fugir de suas mãos. D. Clementina dizia para ela aliviar a mão. Tentou começar pela letra mais fácil, o "o". Seus primeiros rabiscos se assemelhavam aos de uma criança pequena. Seria difícil. Gastaram uma semana para que ela conseguisse escrever todas as vogais. Não tinham pressa, gastariam mais outra, se fosse preciso. D. Clementina era calma, mas persistente.

Francisca aprendia rápido tudo o que era dito. Gravava tudo. Era uma folha em branco, pronta para ser preenchida, mas o medo inexplicável não a abandonava, tinha uma vontade quase incontrolável de sair correndo. De voltar no tempo para não ter que passar por tudo isso.

De vez em quando uma das empregadas parava a certa distância para observar a cena. D. Clementina apenas lhe lançava um olhar de reprovação, e ela saía. Depois ouviam os risos na cozinha. Francisca sequer demonstrava que havia percebido a situação.

Todas as noites, deitados na cama, Nonato repetia as palavras de seu pai: "Sempre dê um passo, por menor que seja, dê um passo, você chegará lá". E lhe contava alguma situação que tinha passado, mostrando como conseguira vencer, completando que com o passar do tempo tudo isso acabaria se transformando em lembranças.

Algumas semanas depois Amélia apareceu para uma visita. Embora confiasse muito em D. Clementina, estava preocupada com a adaptação de Francisca. Era um desafio muito grande para ela. Levou uma série de livros que tinha encontrado em Vale Fundo, que julgou que facilitaria a alfabetização de adultos. Colocou-se à disposição delas para a ajuda que precisassem. Abraçou Francisca, desejando-lhe boa sorte. "Confio em você", completou.

Amélia via em Francisca uma colaboradora potencial para seus planos de alfabetizar adultos, quer fosse em sua fazenda ou na fazenda de D. Clementina. Queria expandir sua missão, e ela seria um exemplo, um incentivo para outros adultos que quisessem ser alfabetizados.

Na saída da missa, notavam os olhares sobre os três e, em seguida, os cochichos. O povo não poupava comentários maldosos. Também não poupavam Amélia e Leôncio, com críticas sobre a simplicidade dela, sobre as coisas "de homem" que ela fazia, sobre sua audácia de sair por aí dirigindo. E completavam: "Coronel Leôncio esperou tanto para escolher uma moça e foi cair numa esparrela dessa!"

Quando alguma coisa se repete muito, acabamos por nos acostumar com ela. Logo aprenderam a não se importar, o que não impedia Amélia de refletir consigo mesma sobre a hipocrisia humana. Tinham acabado de se confessar, de comungar, de ouvir a prédica do padre e o "amai-vos uns aos outros, como eu vos tenho amado". No instante seguinte já estavam pecando. Às vezes se perguntava se aquele comportamento seria preconceito ou inveja, ou se os dois estavam tão misturados que mesmo um observador astuto teria dificuldade em distinguir um do outro.

Espalhando-se a notícia da morte do Coronel Norberto, começaram a aparecer na Fazenda da Colina mulheres de todas as estirpes, apresentando-se como mães biológicas de Nonato.

D. Clementina as recebia na varanda, observando-as.

Deixava-as falar de seu infortúnio, narrar o dia em que tiveram que abandonar o filho adorado. Notava seus olhares curiosos e gananciosos percorrendo a propriedade e tudo o que estava ao alcance da vista.

Ao final perguntava por que ela não tinha deixado nenhum bilhete com a criança. Ouvia todos os tipos de resposta: não sabia escrever, estava tão mal que nem lembrou... De todas, apenas uma disse que tinha deixado um bilhete. Quando D. Clementina perguntou o que estava escrito nele, ela titubeou e disse que não se lembrava.

Todas, sem exceção, foram despachadas da fazenda sob as pragas de D. Clementina, que as chamava de interesseiras, gananciosas e vários outros adjetivos que lhe vinham à cabeça.

Nonato, a quem só era permitido acompanhar de longe, depois vinha lhe consolar:

— A senhora será sempre a minha mãe. Não julgo quem me abandonou, mas não quero mais conhecê-la a esta altura da vida.

Quando criança, Nonato fantasiava às vezes com seus pais verdadeiros, até que no dia de sua formatura no curso primário olhou para os pais adotivos sentados à sua frente. O pai com o orgulho por ele estampado no rosto. A mãe com os olhos banhados de lágrimas de emoção. E isto lhe bastou.

O bilhete permanecia guardado a sete chaves.

O internato

Nenhum ser humano é capaz de esconder um segredo.
Se a boca se cala, falam as pontas dos dedos.

Sigmund Freud

Fim de tarde.

Inácio já está sentado na sua poltrona predileta, sozinho. Guerreiro não vinha mais deitar-se a seu lado. Nem afagos recebia de seu dono. Espera o Tempo.

— Como está hoje, Inácio?

— Solitário, Tempo.

— E onde estão seus amigos? Todos aqueles que o arrodeavam quando você tinha o que lhes dar, morrendo de rir de qualquer coisa que você dissesse?

— Além de Celinho, meu contador, não me restou mais ninguém.

— Alguma vez lhe ocorreu que ele pode não ser seu amigo?

— Nunca, Tempo. Nós herdamos uma amizade que começou entre meu pai e o avô dele. Ele está sempre presente quando eu preciso.

— E você, quantas vezes o acudiu quando ele precisou?

— Celinho tem uma vida tranquila, não precisa de ninguém. Além do mais, eu pago muito bem pelos serviços que ele me presta.

— Amizade não se compra, Inácio, nem se paga.

— Algumas, sim.

— E Bento? E a amizade que vocês tinham quando criança?

— Essa nunca deveria ter acontecido. Foi o acaso que nos juntou, muito mais pela consideração que minha mãe tinha por Quitéria.

— Ah, Inácio. Espero que você ainda viva o suficiente para dar valor a uma amizade verdadeira.

Naquela noite Inácio foi dormir inquieto. A conversa com o Tempo havia lhe perturbado muito, não sabia por quê. Lembrou-se de sua mãe dizendo: "Sempre ouça a voz do coração, meu filho. Ela nunca falha".

20

Quando Inácio completou dez anos de idade, Leôncio informou a Amélia que no próximo ano ele iria para o internato, no Colégio São Félix, o mesmo que ele havia estudado. Amélia ficou estarrecida, sabia que esse dia chegaria, mas achava o filho ainda muito despreparado para essa nova empreitada.

— Ele não está pronto Leôncio, é muito pequeno.

— O internato vai ajudá-lo a crescer.

— Deixe-me prepará-lo melhor. Ele tem apresentado algumas dificuldades, como já lhe disse. Pedirei à Madre Maria indicação de material novo para ensiná-lo em casa. Gostaria que ele fosse para o internato somente quando estivesse com a leitura e a escrita bem firmes, senão ele vai sofrer muito lá. Ele pode continuar os estudos no Colégio de Formação Ginasial e Técnica, na capital, Vale Fundo.

— Em hipótese alguma! Lá não é colégio para o nosso nível, Amélia. E para que você vai ter esse trabalho se no Colégio São Felix ele terá os melhores professores para isso? Você é muito protetora, Amélia.

— Estou muito preocupada com Cicinho. Tem a mesma idade de Bento, e muitas vezes tenho que frear Bento para que Inácio não fique muito para trás.

Leôncio se indignou com essa última colocação de Amélia. Como podia ela achar que Bento era mais inteligente do que seu filho? Amélia retrucou que não achava que fosse uma questão de inteligência. Pediu a ele um tempo para decidirem isso. Disse que queria primeiro conversar com Madre Maria, depois resolveriam.

Enquanto isso Cicinho e Bento se divertiam pela fazenda afora, sempre seguidos por Rex e Trovão, seus cães prediletos. A lagoa de águas claras cheia de peixinhos, os passarinhos, os pequenos animais, as poças d'água após a chuva, tudo era motivo de brincadeira. Exploravam cada canto no entorno da casa, às vezes montados em pôneis; outras, intercalando um na bicicleta, que Inácio havia ganhado de aniversário, e outro no pônei, apostando corridas, ou simplesmente andando sem rumo. Ainda não eram liberados para se aventurar sozinhos por toda a propriedade. Além da possibilidade de se perderem, poderiam encontrar animais perigosos na mata, onça-pintada, lobo e cobras venenosas, que por lá abundavam. Chegavam em casa cobertos de terra e lama, para o desespero de Quitéria e Amélia.

Certa manhã, saíram descuidadamente seguindo a pé a margem do rio até que encontraram uma parte de vegetação mais fechada. Resolveram explorá-la. Foram andando por entre a mata, procurando ninhos de passarinhos, e começaram a seguir um pequeno coelho. Avistaram ao longe um veado-mateiro e saíram atrás dele sem prestar atenção ao caminho.

Chegaram então a uma clareira cheia de pedras grandes. Uma delas tinha as pontas superiores tão proeminentes que chegavam a formar uma pequena gruta. Aquilo alimentou a imaginação dos meninos, que começaram a inventar brincadeiras, imitando as histórias dos livros. Não viram o tempo passar.

Chegou a hora do almoço, e Quitéria deu por falta dos meninos. Ninguém sabia deles. Ritinha, que a essa altura estava trabalhando na cozinha da Casa Grande, mas nunca tinha perdido o hábito de ficar de olho nos meninos, disse que tinha visto os dois indo na direção da lagoa, como sempre faziam. Quitéria, aos berros, mandou a "imprestável" procurar por eles. Ela voltou minutos depois dizendo que não os tinha encontrado.

— Então corre até a escola e chama D. Amélia.

Enquanto isso, juntou os empregados que atendiam à Casa Grande e mandou cada um pegar um cavalo e ir para um lado diferente atrás dos meninos, perguntando a todos que encontrassem se os tinham visto.

Um deles deu notícia de que vira os dois seguindo a margem do rio. Foi um verdadeiro pandemônio. Espalharam gente para bater aquela área toda. Amélia estava aos prantos.

Leôncio, quando soube do sumiço dos meninos, montou num cavalo e foi em direção à mata fechada, uma região que seus pais lhe proibiam de ir quando criança e da qual conhecia os perigos. Rodou mais de meia hora até encontrar os dois tentando montar uma barraca com pequenos troncos secos. Rex e Trovão, como sempre, estavam descansando à sombra de uma árvore. Desceu do cavalo uma fera, aos berros com os meninos, que diziam que já iam voltar para casa.

— Então me mostrem o caminho, que eu vou seguir vocês.

Eles rodavam em círculo sem saber para onde ir. Leôncio pôs os dois na garupa e se dirigiu para casa prometendo castigo quando lá chegassem, com Rex e Trovão em seu encalço, latindo sem parar, com a língua para fora de tanto cansaço.

Quando Amélia e Quitéria os avistaram, saíram correndo em direção a eles. Quitéria, de tão nervosa, pegou Bento e encheu de palmadas. Leôncio não deixou a esposa se aproximar, dizendo que ia se entender com o filho dentro de casa. Amélia foi atrás deles, apressada. Leôncio tirou o cinto e se preparou para dar uma chicotada em Cicinho. Amélia correu para frente e levou a chicotada no lugar do filho. O Coronel se irritou tanto que o virou em seu colo e o encheu de palmadas, com ele aos berros, apavorado. E completou:

— Castigo de uma semana, sem sair do quarto. E avise a Quitéria, Amélia, para que Bento não apareça aqui por uma semana também.

E assim foi feito. Quando Cicinho se recolheu, Amélia mostrou ao marido o vergão que a chicotada havia deixado em seu corpo.

— Se fez isso em meu corpo, imagine o que teria feito em Cicinho! Você não tem noção da força que tem? Ele só tem dez anos!

Ele correu para abraçá-la, pedindo desculpas, mas ela se esgueirou e foi para o quarto. Não quis almoçar naquele dia.

Leôncio já havia se acostumado com a presença de Bento pela casa e até gostava do menino, embora não admitisse tal fato nem para si próprio. Amélia e Quitéria, que o conheciam muito bem, percebiam claramente.

À noite Amélia foi levar o jantar para o filho. Ele estava amuado, em um canto do quarto. Ela se sentou e conversou com ele demoradamente sobre as consequências de desobedecer aos pais. Até que ele comeu e dormiu.

Com Bento não foi diferente. Passado o susto e a raiva, Quitéria teve uma boa conversa com ele.

Foi uma longa semana para as duas crianças que imploravam sair do castigo antes da hora. Mas tiveram que cumprir o que tinha sido determinado.

Na semana seguinte, ao fim do castigo, os dois se encontraram e se abraçaram com uma alegria tão grande que parecia que não se viam há anos. Até Leôncio achou graça da cena.

Certo dia os dois tiveram uma ideia: voltariam até as pedras, mas dessa vez fazendo igual a Joãozinho e Maria. Marcariam o caminho, não com pedacinhos de pão, mas com fitas amarradas nas árvores.

Quando chegaram lá, Cicinho disse a Bento que aquele seria o esconderijo secreto deles.

— Para o resto de nossas vidas, quando quisermos nos esconder, viremos para cá.

Desta vez acharam o caminho de volta para a casa. E muitas vezes mais iriam escondidos até lá.

21

Amélia foi conversar com Madre Maria, contar-lhe suas preocupações com o filho, comparando-o com Bento. Eram muito diferentes.

— Bento já lê fluentemente há mais de dois anos, Madre, sem eu sequer exigir muito dele. Cicinho não se interessa, porque se atrapalha com as letras, creio eu. Gostaria de adquirir material novo, pode ser que meus métodos estejam ultrapassados.

Madre Maria chamou a freira responsável pelo curso primário e deixou Amélia conversar com ela longamente. Com as sugestões recebidas, foi até Vale Fundo e comprou material novo. Depois voltou animada para a fazenda. Sempre usava seu automóvel, mas levava companhia, como o marido tinha recomendado. No fundo, sabia que ele tinha razão, era perigoso para ela pegar a estrada de terra sozinha.

A partir daí, toda tarde passava de duas a três horas ensinando aos meninos, reprisando as matérias que precisariam para o ingresso ao ginásio. Ao final do ano, Cicinho ainda continuava com dificuldade. Demorava na leitura e, quando tentava escrever, sempre trocava as letras de lugar ou as escrevia invertidas. Amélia seguia incansável, mas a essa altura começou a ficar realmente preocupada, imaginando se o filho teria algum problema mais sério.

Resolveu procurar Dr. Américo, mas não levou o filho com ela. Ele lhe indicou outro médico, Dr. Fonseca, que vinha estudando casos de dificuldade de aprendizado.

Quando chegou em casa contou para Leôncio o que o médico lhe havia instruído. Leôncio inicialmente se irritou com a recomendação do médico, mas depois reconheceu que o filho poderia ter algum problema. Era um menino esperto para muitas coisas, tinha boa memória, mas vinha observando de longe a dificuldade dele. Insistia com Amélia que o internato resolveria tudo, mas ela discordava, preocupada. Então marcou a consulta.

Resolveram ir os dois juntos ao especialista. Levaram Inácio dessa vez. O médico, Dr. Fonseca, aplicou alguns testes e lhes informou que já havia lido sobre crianças com problemas similares. Mas àquela altura ainda não havia um diagnóstico claro sobre o problema. E muito menos tratamento. Alguns chamavam essa dificuldade de leitura de "cegueira da palavra". E reforçou que as pessoas acometidas por esse problema eram inteligentes e tinham boa memória. Os estudos eram feitos em outros países e mostravam que esse distúrbio aparecia em intensidades diferentes e que poderia vir acompanhado de outros sintomas, mas esses estudos eram ainda iniciais, incipientes. Ainda teriam que esperar por resultados mais conclusivos. Qualquer novidade comunicaria a eles. Dr. Fonseca instruiu Amélia a continuar praticando com Inácio, com o tempo deveria melhorar.

Amélia implorou a Leôncio que adiasse a ida de Cicinho para o internato para o ano em que ele completasse doze anos. Lembrava-se de como tinham sido difíceis os seus dias no convento, e não queria que o filho passasse pela mesma situação, não tão novo. Queria prepará-lo mais para que não fosse alvo de críticas ou de brincadeiras de mau gosto por parte de seus colegas. Leôncio argumentou que o filho ficaria para trás e que isso não seria bom. Amélia retrucou que ele tinha nascido em julho e que isso justificaria sua ida somente no próximo ano. Leôncio concordou, mesmo que contrariado.

Intensificou os exercícios com Cicinho, colocando-o para fazer cópias diárias de listas de palavras, o que ele fazia muito a contragosto. Bento aproveitava as aulas com satisfação, mas nunca criticou o amigo por sua dificuldade. Ao contrário, sempre que podia animava-o, mostrando coisas em que ele era muito bom. Às vezes errava seus exercícios propositadamente. Amélia percebia e se encantava cada vez mais com Bento.

Fora do horário das aulas, Bento e Cicinho aproveitavam para brincar o tempo todo pela fazenda.

O semestre posterior ao aniversário de 11 anos de idade seria o último antes de ele ir para o internato. O tal especialista que consultaram, Dr. Fonseca, nunca mais deu notícia. Amélia acirrou os exercícios como uma última tentativa de resolver o problema, mas o filho continuava com dificuldades. Resolveu então estimular a memória dele, lendo para ele e aplicando testes orais em vez de escritos. Nesta situação ele se saía bem.

Percebeu então que a partir daquele momento o principal seria prepará-lo emocionalmente para o rigor do internato e para que ele soubesse lidar com os colegas. Leôncio tinha razão, Cicinho tinha uma vida que, embora livre dentro do espaço da fazenda, era muito amparada em tudo que precisava. Ela o tinha protegido demais para o que teria que enfrentar. Ele, tendo tudo, não tinha aprendido a lutar pelo que queria.

22

Nos últimos dois meses do ano, Cicinho e Bento começaram a se preparar para a separação que se aproximava, no ano seguinte.

— Será que você vai gostar do internato, Cicinho?

— Acho que vou sentir saudades da fazenda, de você, da minha mãe e de Quitéria. E do meu pai também.

— Será que lá tem lugar assim para correr, com riacho?

— Acho que não. Mamãe me disse que é como uma casa bem grande, com três andares, muitos quartos, com escadas, mas tem um pátio grande no meio para as crianças brincarem. Tem uma mesa enorme para todo mundo comer junto. Tudo tem que ser na hora certa, que eu tenho que respeitar os padres e ser obediente. E que no meu quarto vai ter mais camas e outros colegas dormindo lá.

— Então parece um pouco com o Caracol?

— Não sei. Acho que vai ser maior, mais alto.

— Será que lá vai ter "menino de cor"[I] como eu?

— Isso eu ainda não sei.

— E se você não gostar dos seus colegas?

I. menino de cor: forma preconceituosa comumente usada no século passado para se referir aos negros.

Cicinho levantou os ombros, entortando a boca, e ficou pensativo. Não queria partir. Bento também se preocupava, pois Inácio podia gostar dos colegas e se esquecer dele.

Leôncio preveniu Amélia de que não queria que Bento fosse à estação. Seria pior para Inácio. Ela concordou. Quitéria também avisou a Bento.

No dia de partir, Leôncio chamou Inácio e conversou com ele.

— Meu filho, não deixe ninguém tocar em seu corpo, nas suas partes íntimas. Nem colega, nem padre, entendeu, meu filho?

Ele apenas disse que sim com a cabeça. A conversa foi rasa demais para a inocência de Cicinho. Ele sequer compreendeu o que o pai falou.

— Ah, e lá seu nome é Inácio, entendeu? Inácio de Almeida Bastos. Nada de Cicinho! Cicinho ficou aqui na fazenda, ouviu?

Ele de novo concordou com a cabeça.

Na hora da partida Bento não foi encontrado. Provavelmente tinha fugido da despedida para não ter que passar pela dor da separação. Logo apareceria.

Almir foi levar Amélia, Leôncio e Cicinho na estação. Pegariam o trem das dez horas.

Na fazenda, Quitéria começou a ficar preocupada. Mandou que fossem procurar Bento. Ninguém o achava.

Cicinho chorou baixinho durante toda a viagem da fazenda até a estação, com os soluços sacudindo seu corpo, abraçado à mãe. Leôncio estava sério, mas visivelmente consternado também. Queria dizer ao filho que homem não chorava. Mas como, se ele próprio estava com um nó na garganta? Não disseram nenhuma palavra até chegar lá.

Assim que desceram do carro, Almir foi pegar as malas na caçamba. Notou que alguma coisa se mexeu por baixo da lona que as cobria. Achou que era um dos cachorros de Cicinho. Bento pulou de lá e correu ao encontro do amigo.

— Você veio!

E os dois caíram na gargalhada, comemorando o feito de Bento, Cicinho enxugando as lágrimas dos olhos com o dorso das mãos.

Partiram, deixando Bento parado na estação. O encantamento que ele tinha sentido quando viu o trem chegar transformou-se em tristeza com sua partida. Lembrou-se de um poema que Amélia lhes havia ensinado, mas mudou o final:

Que lindo!
O trem infindo
Vem vindo.

Corre criança
Vê se alcança
Que o trem avança!

Que ~~lindo~~ triste!
O trem vai indo,
Pro mundo infindo...

Ele sempre perguntava:

— Dinda, o que é "infindo"?

— Que não se acaba, Bento.

Começou a pensar se a dor que estava sentindo um dia se acabaria.

O Tempo, observando os dois meninos, pensou consigo mesmo quão frágeis podem ser alguns laços com que a vida ata algumas pessoas.

23

Quando chegaram ao Colégio São Félix, Padre Eulálio já os estava esperando, com o seminarista Tadeu, seu predileto, que, desde que completara dezesseis anos, sempre o acompanhava na recepção dos novos alunos.

Inácio estava desolado, com os olhos no chão, retardando o momento de encarar a nova vida. Amélia sentia o tremor das mãos dele, controlando-se para que ele não percebesse o tremor das suas próprias. Seu pai, calado.

Tadeu, sempre atento às fraquezas dos recém-chegados, logo acolheu Inácio, dando-lhe as boas-vindas e convidando-o para conhecer o pátio do colégio enquanto seus pais conversavam com Padre Eulálio.

Os três foram para o gabinete. O padre reafirmou tudo o que o colégio oferecia e os bons resultados que vinham alcançando.

Amélia falou sobre as dificuldades que Inácio vinha apresentando, dizendo que ele não tinha problema em entender e aprender o que era ensinado, mas trocava as letras na escrita e tinha uma leitura mais lenta, interrompida. Com os números também apresentava alguma dificuldade, embora em bem menor grau.

Padre Eulálio lhe disse que tinham um caso semelhante no colégio e que esse aluno recebia alguns cuidados especiais, o que demandava algumas vezes custos extras.

Leôncio, que já esperava por isso, entregou uma quantia generosa ao padre para que Inácio tivesse a atenção especial que precisasse.

A hora da despedida foi dolorosa demais para o casal, especialmente para Amélia, que revivia na experiência do filho o que ela própria tinha passado quando de sua ida para o Convento. Abraçaram-se a Inácio, ela contendo as lágrimas para não desestabilizar o filho, enchendo-o de beijos.

Inácio saiu dos braços carinhosos da mãe e se foi de mãos dadas com Tadeu, transferindo para ele o amparo que sempre teve em casa.

Antes de partir, Leôncio reforçou a Padre Eulálio que qualquer custo extra que fosse necessário para seu filho, era só falar com ele. Despediram-se.

A viagem de volta foi de total silêncio, as lágrimas de Amélia escorrendo em seu rosto. Seus olhos, captando apenas fragmentos da paisagem que corria a seu lado, com o passar do trem, estavam tão borrados quanto sua alma.

Leôncio, com a mão dela entre as suas, em sinal de apoio, também estava visivelmente consternado.

Foram tempos difíceis na fazenda.

Bento passou a ficar no Caracol até a hora de ir para o colégio, junto com os filhos dos capatazes. Quando voltava, já estava escuro e ainda tinha que fazer o dever de casa. Era puxado, mas mesmo assim adorava estudar. Sentia falta do amigo, do amparo que sempre teve na Casa Grande, da presença de Quitéria sempre que queria. Nos fins de semana aparecia às vezes na Casa Grande, para alegria de Amélia, que compensava um pouco a ausência de Inácio com a companhia de Bento, a quem ela se apegava cada dia mais. Sentia falta dele também durante a semana. Mas ele logo se enfarava e voltava para o Caracol. Lá pelo menos tinha a companhia das outras crianças.

Amélia passou a ir a Vale Fundo aos sábados, para poder ter a companhia de Bento. Convidava-o para ir com ela sob o pretexto de ajudá-la a escolher algum livro para a pequena biblioteca que estava montando na escola, pois ele não a deixaria comprar nada repetido, já que conhecia todos. Os dois adoravam essas viagens. Amélia sempre lhe fazia pequenos agrados, como o sorvete de creme que ele sempre aceitava com enorme prazer. Voltavam com um pacote de caramelos para agradar às demais crianças e uma revista em quadrinhos, levando as crianças ao delírio com suas histórias de super-heróis. O retorno deles era esperado com grande algazarra, Bento distribuindo as balas para todos. A revistinha tinha que correr de mão em mão e chegar ao último leitor inteira, caso contrário não a trariam mais.

Ele logo se agarrava aos novos livros, interessava-se por tudo. Observador, era como uma esponja se encharcando de tudo o que estava à sua volta, tanto das coisas reveladas pelas letras, como do que seu meio lhe mostrava.

Os demais alunos, até então tímidos e inseguros na presença de D. Amélia, agora passaram a abraçá-la, em um gesto inconsciente de compensá-la pela ausência do filho.

Leôncio também passou a dar mais atenção a Bento, pedia para ele acompanhá-lo pela fazenda, quando a ocasião era propícia. Bento quase morria de alegria com essa atenção do Coronel. E Quitéria, nem se fala! Logo corria para contar à patroa.

Amélia também tentava se ocupar o tempo todo para resistir à saudade que sentia de Cicinho. Tinham combinado que todo domingo, depois da missa em Vale Fundo, iriam à Telefônica ligar para ele. Havia promessas de que teriam telefone na fazenda, o que facilitaria muito para eles, mas ainda não sabiam quando. Havia uma empreitada dos coronéis mais abastados da região para que as linhas telefônicas chegassem logo às suas propriedades.

Amélia decidiu que era hora de começar a se preparar para a alfabetização de adultos, sua próxima meta. Seriam turmas que teriam aulas após o dia de trabalho deles, para quem quisesse, por ordem de inscrição. Duas horas de aula de segunda a quinta-feira.

Do programa constavam aprender a escrever, a ler e a fazer pelo menos as operações de soma e subtração. Assim que conseguissem isso, seriam substituídos por novos alunos, até que todos os que desejassem estivessem alfabetizados. Tentaria depois investir naqueles que não desejavam. Amélia começou a treinar duas moças, filhas dos capatazes, que tinham se formado como normalistas, para ajudá-la nessa missão.

Na Fazenda da Colina, Francisca, agora já alfabetizada, começara junto com sua sogra a reproduzir o mesmo programa de Amélia, mesmo que de forma mais acanhada inicialmente. Durante a manhã ensinavam para crianças. À noite, para os adultos. Sempre que podiam, trocavam experiências com Amélia para melhorar o método usado.

Com o tempo, esses dois polos se expandiram para outras fazendas. Alguns por terem realmente comprado a causa. Outros para não ficarem para trás dos demais. Pelo menos, neste caso, a competição era por uma boa causa.

O Tempo, assistindo ao progresso desse trabalho, se pegava às vezes ansioso, querendo dar um salto no futuro para ver essa missão realizada, dando frutos para as próximas gerações.

24

Tadeu levou Inácio para o dormitório. Mostrou-lhe sua cama e a parte do armário que lhe caberia. Ajudou-o a organizar suas coisas, dizendo o que era permitido e o que não era, falando dos horários que tinham que ser respeitados e outras regras de boa convivência.

Ali não se permitia dizer que não gostava de uma comida. Tinham que comer de tudo e "limpar os pratos" que tinham servido para si próprios. Portanto, atenção para não exagerar no que escolhia.

Perguntou-lhe se sabia as orações de cor. Ele disse que sua mãe tinha ensinado todas. Tadeu disse que cada manhã um novato era escolhido para rezar em voz alta.

— Reze o Credo para mim, de mãos postas, como se estivesse à mesa.

Inácio cumpriu com perfeição.

— Agora o Pai-Nosso, seguido de uma Ave-Maria.

Novamente ele rezou sem errar.

— Por fim, reze a Salve-Rainha.

Inácio se enrolou um pouco, e Tadeu repetiu a oração até ele decorar tudo.

Ao fim do treinamento Inácio ajoelhou-se e rezou:

— Jesus, obrigado por ter me enviado Tadeu, meu protetor.

Tadeu sorriu.

Era começo de ano, somente os novatos já estavam no Colégio. Os demais chegariam em dois dias. O dormitório ainda tinha muitas camas vazias. Os novatos precisavam aprender as rotinas, fazer os testes iniciais. Eram dias de adaptação.

A primeira noite no dormitório foi horrível. Inácio ficou em uma cama afastada, sem companhia dos dois lados, mais próxima da porta do quarto. Não conseguia dormir, pois via sombras por todos os lados. Algumas pareciam bichos nas paredes. Lembrou-se de sua mãe lhe explicando que, quando as luzes se apagavam, nada de novo aparecia: eram apenas sombras ou manchas que já estavam lá, mesmo de luz acesa. Porém havia uma em frente à sua cama especialmente aterrorizante, que parecia uma grande aranha. Levantou-se e acendeu a luz, sob os protestos dos demais colegas de quarto. Sua mãe estava certa, era apenas uma mancha na parede. Tranquilizou-se e conseguiu vencer sua primeira noite naquele dormitório hostil, comprido e frio como a vida naquele lugar prometia ser.

Pela manhã Tadeu veio acordá-los, trocaram de roupa e foram para o banheiro para o asseio matinal e de lá para o refeitório.

Inácio foi escolhido para agradecer pela refeição e em seguida rezar a Salve-Rainha. Ele se saiu muito bem, olhando de soslaio para Tadeu em agradecimento. Tadeu continuou sério, fingindo não notar.

Ao final do dia, Tadeu encaminhou os meninos para o banho, em número condizente com os chuveiros, dizendo que não era permitido que um visse o outro sem roupa. Somente dois meninos ficaram para trás nesse primeiro dia, para a segunda leva: ele e Antônio, outro novato.

Tadeu voltou com o primeiro grupo e levou os dois. Colocou-os em chuveiros distantes e disse que ia lhes ensinar a tomar banho nos dois primeiros dias, depois não teria mais tempo para isso. Inácio argumentou que já sabia tomar banho sozinho. Tadeu disse que ia ficar só olhando para ver se ele sabia mesmo.

Ordenou que Inácio se demorasse bem nas partes íntimas, alegando que eram as que deviam ser bem lavadas, além das orelhas, é claro. Inácio se lembrou das vezes em que sua mãe lhe ensinou a tomar banho. Tinha um quê de saudade, de carinho, naquele gesto de Tadeu. Mas não comentou com ninguém. Antônio também não.

No segundo dia, o colégio ainda estava vazio. Tadeu podia lhes dar atenção exclusiva e aproveitou para levar os novatos para o enorme quintal do Colégio, ao qual os alunos só tinham acesso em ocasiões especiais. Era um local agradável, cheio de árvores, por onde passava um pequenino riacho.

Liberou os meninos para o banho, desde que não molhassem as roupas, pois não havia trazido toalhas. Foi a maior farra na água, e depois todos se deitaram para se secar ao sol, para o deleite de Tadeu.

No final daquele dia, Inácio foi tomado por uma solidão enorme. Sentia-se completamente deslocado naquele lugar frio e distante de tudo e de todos que ele amava. Com as saudades de casa apertando em seu peito, começou a reviver sua infância com Bento na fazenda. Ali não tinha amigos, somente Tadeu lhe dava atenção. Resolveu procurá-lo. Saiu andando pelo colégio, tentando encontrar as acomodações dos alunos mais velhos. Foi percorrendo os corredores, mas só encontrava portas fechadas. Não tinha coragem de abri-las. Quando chegou ao terceiro andar, avistou uma luz que parecia estar saindo de uma porta aberta no fim do corredor. Foi até lá e entrou. Era o banheiro daquele pavimento. Assustou-se quando viu Tadeu saindo do chuveiro, totalmente nu. Era a primeira vez que via um rapaz nu em sua vida. Ficou parado, encarando o corpo dele, experimentando uma excitação que não conseguia esconder, com os olhos fixos naquele corpo exposto à sua frente.

Tadeu o tirou do transe, sacudindo-o:

— O que você está fazendo aqui, seu louco! Volte para seu quarto antes que alguém o veja e me cause problemas! Saia! Corra!

Inácio saiu correndo, atordoado, sem conseguir esquecer o que vira. Durante o jantar, procurava Tadeu com os olhos, mas ele o ignorava por completo, como se nada tivesse acontecido. Dormiu inquieto naquela noite, a cena do banheiro voltando à sua mente repetidamente.

No terceiro dia o colégio estava lotado. Onde quer que estivesse, Inácio procurava por Tadeu com o olhar. Só assim se sentia seguro.

Os antigos colegas já estavam entrosados e sempre formavam grupos na hora do recreio, sentavam-se juntos na igreja, com exceção do refeitório, onde os lugares eram pré-determinados e alterados independente da vontade dos alunos.

Inácio estava emagrecendo, tinha medo de exagerar no prato, como Tadeu lhe alertara. Sentia falta da liberdade de pegar uma fruta no pé quando quisesse, ou da fatia de queijo ou de doce que Quitéria lhe oferecia sempre que passava pela cozinha. Começou aos poucos a pôr mais comida no prato e a se acostumar com as longas horas de fastio.

De vez em quando, na calada da noite, Tadeu aparecia em seu quarto para ver se ele estava dormindo bem. Dizia que ia se deitar um pouco com ele para que não tivesse medo. E ficava se deleitando, bem encostado nele enquanto dormia. Em outro dia, procurava Antônio.

Às vezes, durante o sono, tinha a impressão de que Tadeu lhe acariciava. No dia seguinte se lembrava de seu pai lhe advertindo para não deixar que nem padre, nem colega nenhum tocassem em suas partes íntimas. Tadeu não era padre. Também não era colega. Mas alguma coisa naquela situação o incomodava muito.

Aos domingos Inácio falava com os pais por telefone e dizia que estava tudo bem, para a tranquilidade de Amélia.

25

Assim foi-se passando o primeiro semestre.

Tadeu continuou aparecendo em seu quarto na calada da noite, quando todos já estavam dormindo. Inácio já havia se acostumado com sua presença. Ao sentir seu toque delicado, apenas se afastava, dando espaço para que ele se deitasse. Às vezes Inácio percebia que sua cama estava úmida de manhã. Temeroso, achava que tinha se urinado durante o sono. Pensava em pedir ajuda a Tadeu, mas para sua surpresa ele já aparecia trazendo lençóis limpos para trocar. "É mesmo meu anjo protetor", pensava Inácio.

Alguns colegas logo perceberam a presença de Tadeu no quarto, e a notícia começou a se espalhar por todo o colégio. Quando Inácio passava, ouvia risos e cochichos. Começaram a dizer que ele era a "bola da vez" e a chamá-lo de "mulherzinha". Ele não entendia. Sentia-se deslocado, diferente, como se não pertencesse àquele grupo. Aquela sensação de estranhamento que o acompanhara durante a infância voltando a perturbá-lo, insistentemente. Começou a se isolar dos colegas e a odiar Tadeu. A saudade de casa apertava cada dia mais. Iria para a fazenda nas férias de julho, onde teria Bento para brincar com ele e esquecer o internato.

Entre os alunos mais antigos, havia João Carlos, quase dois anos mais velho do que Inácio, um menino bom, também filho de fazendeiros da região. João Carlos também havia sido importunado por

Tadeu quando chegou ao internato. Como Inácio, inicialmente custou a entender o que estava acontecendo com ele, mas depois passou a repudiar o comportamento de Tadeu, afastando-o e ameaçando gritar se ele insistisse. Aprendeu a se defender não só de Tadeu, mas também dos colegas, que costumavam desdenhar dos mais novos.

Uma semana antes do fim do semestre, João Carlos criou coragem e procurou Padre Eulálio. Contou-lhe tudo o que ele havia passado e o que vinha acontecendo com Inácio e outros. Padre Eulálio, chocado, agradeceu e pediu segredo a ele, garantindo que resolveria o problema, embora ainda não soubesse como. Tadeu era o filho mais velho de seu amigo de infância e havia ingressado no seminário sob seus cuidados. Passou, então, a observá-lo durante a noite, para confirmar o que João Carlos lhe contara. Se fosse verdade, ia pegá-lo com a boca na botija. Não precisou esperar muito. Surpreendeu-o na cama de Inácio. Entrou devagar, tocou em seu braço de leve. Foi o suficiente para que ele se assustasse. Fez um gesto, pedindo calma. Chamou-o para fora do quarto.

Tadeu, tremendo mais do que vara verde, tentava explicar o que não tinha explicação. Padre Eulálio disse que assim que amanhecesse ele deixaria o colégio, sem se despedir de ninguém. O assunto se encerraria ali. No dia seguinte bem cedo, ligou para o pai de Tadeu, dizendo que o filho não tinha atendido os requisitos para se ordenar e estava voltando para casa.

Leôncio e Amélia vieram buscar Inácio para as tão esperadas férias. Abraçaram-se demoradamente. Observaram que ele estava mais magro, mas não disseram nada. Com certeza recuperaria o peso durante as férias.

Quando chegaram à fazenda, Bento já estava esperando nas proximidades da Casa Grande. Saíram correndo — ele, Rex e Trovão —, acompanhando o carro até ele parar. Bento acenava para o amigo que, feliz, respondia de lá.

Quitéria também veio abraçá-lo e não se conteve:

— Pobrezinho, está tão magrinho! Fiz de tudo que você gosta, viu, meu menino?

Inácio não se continha de alegria. Foi se trocar e saiu com Bento pela fazenda afora. Tudo lhe pareceu enorme, seu quarto, a casa e especialmente os arredores. Não se cansava de apreciar aquele horizonte longínquo, pontilhado pelas montanhas.

Bento queria saber de tudo. Inácio contava com detalhes o que tinha acontecido por lá. Exploraram cada canto da fazenda onde costumavam brincar, e não faltava assunto. Tagarelavam o tempo todo. Estranhamente, não teve coragem de comentar sobre Tadeu.

Foram férias maravilhosas, e o retorno para o Internato foi doloroso novamente, mas pelo menos já sabia o que o esperava. Teria, infelizmente, Tadeu para importuná-lo e fazer dele o objeto da zombaria dos colegas.

Desta vez deixaram Bento ir com eles até a estação se despedir de Inácio.

Leôncio agradeceu a Padre Eulálio pela consideração com seu filho e contribuiu generosamente para as obras que fariam no estabelecimento.

Inácio perguntou por Tadeu a Padre Eulálio, que lhe explicou que, por motivos familiares, ele havia deixado o Seminário. Inácio percebeu, com alívio, que o incômodo acabara.

No dia seguinte, João Carlos o procurou puxando conversa. Mesmo com a diferença de idade de quase dois anos entre eles, começaram uma amizade que duraria muitos anos. Isto facilitou a adaptação de Inácio e até o respeito dos demais colegas.

O problema de aprendizado de Inácio continuava, sem dar sinais de que melhoraria. Como prometido, Padre Eulálio providenciava para que ele fizesse provas orais tanto quanto possível e sempre o ajudava nas notas que recebia, para que ele não precisasse repetir nenhum ano, o que agradava muito ao Coronel Leôncio. Por outro lado, o tratamento especial acirrava as críticas dos colegas, que agora o chamavam de "burro" e adjetivos similares, depreciando-o sempre que podiam.

Inácio começou a se sentir com um "burro" mesmo, humilhado, inferior, diferente.

Nas férias seguintes, convidou João Carlos para passar uns dias na fazenda com ele.

Assim que conheceram João Carlos, Quitéria e Amélia se encantaram com ele. Era um menino educado e muito simpático. Tinha os olhos castanhos assim como os cabelos lisos, que ficavam sempre cobrindo parcialmente sua testa. Mas o principal era a amizade dos dois, muito apreciada por Amélia, Leôncio e Quitéria.

Foram férias muito boas. A princípio Inácio não sabia se João Carlos aceitaria a presença de Bento, deixando-o de lado. Mas João Carlos percebeu o olhar comprido de Bento e, já tendo Inácio comentado sobre suas aventuras, aproximou-se dele e acabaram se entrosando.

Dias depois, foi a vez de Inácio passar uns dias na fazenda de João Carlos. Bento ficou, já havia se acostumado com a ausência do amigo.

Inácio chegou aos quatorze anos. Estava cada dia mais alto e magro, entrando naquela fase que costuma transformar os adolescentes em algo estranho para si mesmos. Ele e João Carlos se davam muito bem. Inácio tinha verdadeira adoração por ele. Admirava-o em silêncio, sua beleza, sua desenvoltura para enfrentar qualquer situação. Muitas vezes tinha vontade de abraçá-lo demoradamente, mas evitava, com medo das críticas dos colegas e de que João Carlos o rejeitasse. Não podia afastar a única pessoa com quem não experimentava aquele sentimento incômodo de não pertencer.

Vencidas as primeiras barreiras da convivência no internato, e com as notícias sobre as maravilhas da fazenda de Inácio, que João Carlos se incumbiu de espalhar, assim como a fortuna da família e as temporadas de férias que só ele desfrutava lá, Inácio começou a ser assediado pelos colegas, que tentavam ser convidados para as férias na fazenda também. Esperto, começou a aprender a tirar vantagem do que tinha para oferecer e a convidar alguns colegas, escolhidos a dedo entre aqueles que mais debochavam dele, para terem o privilégio de ir para sua fazenda. Sempre com a ajuda de João Carlos.

Coronel Leôncio, Amélia e Quitéria se esmeravam em propiciar aos meninos o que tinham de melhor em termos de divertimento e alimentação. Andar a cavalo, de bicicleta, banhos na lagoa, pescaria e passeios de barco, corrida de saco, sempre acompanhados, mesmo que de longe, por um ou mais adultos. A partir daí o mundo de Inácio foi se separando cada vez mais do de Bento, que não tinha mais lugar no novo grupo social de seu amigo.

Para Inácio começava a se formar um novo estilo de vida, estabelecendo-se o padrão de que poderia comprar tudo o que lhe faltava com o dinheiro que certamente lhe sobrava, e muito.

Amélia e Quitéria, mesmo sem ainda compreender a profundidade dessa atitude de Inácio, se preocupavam com isso e lamentavam o distanciamento de Bento.

O Coronel, por sua vez, estava muito orgulhoso do filho.

26

Raimunda andava cada vez mais incomodada com a vida que sua irmã Francisca levava casada com Nonato. Invejava-a de longe todos os dias. Raramente a visitava. Era-lhe tão penoso ver a irmã bem vestida, alfabetizada, cada dia mais entrosada com a nova vida, que preferia não ir à Fazenda da Colina. Francisca e Nonato já tinham dois meninos a essa altura.

Também não suportava ver Amélia de amores com Bento e a consideração dela por Quitéria.

Sua vida na cozinha estava se tornando um inferno, com Quitéria lhe chamando a atenção diariamente por seu desleixo e por seu comportamento com os demais empregados. Descontava sua amargura em todos.

Nem Chitão, que a essa altura já estava com sete anos, a fazia se sentir feliz. O filho estava se tornando cada dia mais bonito. Tinha os olhos cor de folha seca contrastando com sua pele morena. Mas Raimunda só enxergava nele o peso que representava para ela. Arrependida da besteira que tinha feito, odiava-o em silêncio. Durante o dia Chitão ia para escola e depois se juntava às outras crianças para brincar e correr solto pela fazenda. À noite Raimunda se reunia com os outros empregados na cantoria e na cachaça, que corria solta no pátio do Caracol. Chitão e Bento acabavam ficando sob os cuidados de Quitéria, a quem o menino cada dia se afeiçoava mais.

Com a situação insustentável na Casa Grande, Quitéria procurou D. Amélia e lhe relatou o que estava ocorrendo. Amélia, que também não tinha simpatia nenhuma por ela, concordou que o certo era demiti-la, mas tinham pena de Chitão. Então resolveram que o melhor a fazer era mandar Raimunda para outra atividade da fazenda. Assim fez Quitéria.

E assim fez Raimunda: irada, começou a arquitetar sua vingança. E se assim pensou, melhor o fez.

Andava de namorico com um mascate que sempre passava no Caracol no princípio de cada mês, quando os empregados ainda tinham algum dinheirinho para gastar, com o pretexto de mostrar suas mercadorias e ver a pretendente dele.

Certo sábado Raimunda não amanheceu no Caracol. Procuraram por ela, mas não deram importância ao fato. Era esquisita mesmo.

Ao meio-dia, quando Amélia chegou para o almoço, procurou Quitéria:

— Onde está Bento? Estava pensando em ir a Vale Fundo hoje. Procurei-o e não o encontrei.

— Como, D. Amélia? Acordei cedo, e ele já tinha saído. Pensei que já estivesse enfurnado na biblioteca da escola.

— Não. Passei na escola, e não havia ninguém por lá. Perguntei por ele, mas ninguém o tinha visto.

O alvoroço tomou conta da cozinha. Saiu todo mundo fazenda afora procurando por Bento. Mas nada.

Quitéria de repente ficou pálida como a morte, sentindo suas forças esmorecerem-se. E sussurrou:

— Raimunda também desapareceu hoje.

As duas entraram em polvorosa. O Coronel ordenou a alguns capatazes que pegassem os carros e saíssem da fazenda, cada um para um lado, procurando por eles e perguntando a todos que encontrassem no caminho.

Caiu a noite e nada de notícia deles. Aí veio o outro desastre: Raimunda havia roubado as parcas economias de seus companheiros de luta, sem deixar um níquel sequer.

O Coronel acionou a polícia, que passou a noite procurando por eles.

Os empregados ora faziam rezas pedindo proteção para Bento, ora esbravejavam contra Raimunda, cuspindo todos os palavrões que conseguissem se lembrar ou inventar.

Chitão, sentado em um canto, chorava em silêncio, atordoado por tudo que ouvia. No alvoroço, ninguém se lembrou de que ali estava outra criança perdida, sofrida.

Uns dois dias depois um capataz de uma fazenda da região encontrou um menino que batia com a descrição da criança desaparecida, caído na beira da estrada, machucado e totalmente sem forças. Perguntou qual era o seu nome. Ele respondeu "Bento" e em seguida desmaiou.

Quando o dia amanheceu, Bento abriu os olhos e encontrou, de um lado, a avó cochilando com sua mão entre as dela e, de outro, a madrinha num sono de total exaustão na poltrona ao lado da cama. Tinham posto Bento em um dos quartos reservados aos hóspedes.

Com a morte de Dr. Américo, médico da família há duas gerações, seu filho, de mesmo nome, conhecido como Dr. Amerinho, havia assumido os clientes do pai. Tinha medicado Bento e tratado de seus ferimentos na noite anterior, recomendando que o fizessem beber pequenos goles de água com um pouco de sal e açúcar. Acordaria melhor na manhã seguinte. Os ferimentos, o tempo se encarregaria de cicatrizar. Era um menino forte como a avó.

O grito de Quitéria foi tão alto quando Bento mexeu a mão, que fez Amélia pular da poltrona.

E começaram a perguntar como ele estava se sentindo e o que tinha acontecido. Bento disse que depois contaria, estava com fome e sede, e dormiu de novo. Um copo de leite morno e um pão macio bem quentinho ajudaram a despertá-lo.

Eis o ocorrido.

Na madrugada do dia fatídico, Raimunda havia entrado silenciosamente no quarto de Quitéria com o mascate, ambos de faca em punho. Ela ameaçava cortar Quitéria, que dormia tranquilamente, aproximando a faca do pescoço dela. Ele mandou que Bento se levantasse, sem fazer barulho, tampou sua boca, amarrou suas mãos e foram se distanciando cuidadosamente com ele, embrenhando-se no meio do mato, sem desamarrá-lo e andando sem parar. Quando viam algum movimento por perto, se escondiam. Assim conseguiram se afastar da fazenda.

Na primeira noite, quando foram dormir, amarraram Bento em uma árvore. Ela ria, contando o dinheiro que tinha roubado dos esconderijos tolos que seus companheiros arranjavam para guardá-lo. Dizia que do filho, não queria mais saber. Que agora seriam só ela e o bem dela. E Bento como seu escravo. Só lamentava não ver a cara de D. Amélia e Quitéria quando dessem falta do queridinho delas. E do Coronel também, que agora andava querendo dar uma de pai do Bento.

Davam-lhe de comer somente o mínimo para que ele não esmorecesse. Puxavam-no pela corda que cortava seus pulsos cada vez mais, chamando-o de escravo. Se ele fraquejasse, o mascate o arrastava. Água, somente uns golinhos.

Bento sofria calado, atento a qualquer oportunidade para se livrar deles.

Na segunda noite eles começaram a fazer planos de pegar o trem no dia seguinte para bem longe dali, o primeiro que passasse. O mascate tinha guardado as mercadorias na estação. Foram conversando, rindo e tomando cachaça até que apagaram. Esqueceram-se de amarrá-lo.

Bento aproveitou a oportunidade e saiu sorrateiramente até se distanciar. Tentou em vão desamarrar os nós dos pulsos, mas o mascate era bem treinado em prender as tralhas dele.

Depois de andar a noite toda, sem saber em que direção estava indo, chegou à beira de uma estradinha. Ali perdeu as forças e caiu.

Mais tarde, Nonato e Francisca aparecerem na fazenda para visitar Bento. Francisca queria se desculpar pelo que sua irmã tinha feito. Disse que levaria Chitão com ela.

Amélia, sabendo da proximidade dele com Quitéria, ponderou que ela já tinha dois filhos para criar e que, como não estava vendo nela aquela cintura fininha que ela tinha, deveria estar vindo mais um por aí. Francisca sorriu concordando com ela.

Quitéria disse que Chitão ficaria como estava: cuidado por Matilde durante o dia, junto com as outras crianças, e por ela durante a noite, junto com Bento. Que havendo qualquer necessidade, elas entrariam em contato com ela.

Francisca ficou indecisa, pensativa. Amélia lhe disse que ela tinha superado muitos desafios nos últimos anos e que não precisava de mais um. "Deixe-o aqui. Ficaremos de olho, Quitéria e eu." Ela concordou.

Nonato, que havia chamado o Coronel para uma conversa em particular, começou a se desculpar pelo comportamento de sua cunhada:

— Coronel, Francisca e eu fazemos questão de ressarcir os empregados roubados por Raimunda.

— Nonato, acho muito digno da parte de vocês, mas temos que tomar uma certa precaução. Não podemos abrir um precedente. Embora tenha pena deles, no grupo tem gente de todo calão. Provavelmente vão exagerar no montante roubado. Além disso, podem começar a alegar falsos roubos daqui para frente, esperando por reembolso.

Nonato ficou pensativo por um tempo e depois perguntou:

— Vocês têm ideia do total roubado?

— Bento disse que viu Raimunda contando o dinheiro e me deu um valor aproximado do que ela tinha.

— Então tenho uma proposta para resolver a situação.

O Coronel ouviu e disse que só concordaria se dividissem o valor a ser pago. E que não aceitaria de outra forma.

No final da tarde, Nonato e Leôncio foram para o Caracol. Chegando lá reuniram no pátio todos os que tinham sido lesados. O Coronel perguntava a cada um quanto tinha perdido. Nonato anotava o nome e a quantia.

Depois comparavam com o total que Bento tinha informado.

— Eu sei o valor total — dizia Nonato. — O que vocês me passaram está muito mais alto. Vamos começar de novo. Talvez alguns tenham se enganado.

E assim foram fazendo, repetindo os cálculos até chegarem a um valor próximo ao que Bento informou. E o Coronel encerrou dizendo:

— Primeiro, considerem-se com sorte. Vocês serão ressarcidos por mim e por Nonato, meio a meio, graças a um pedido de Francisca, que tanto tempo viveu entre vocês. Mas essa é a primeira e a última vez que isso acontece em minha fazenda. De hoje em diante cada um será responsável por seus pertences. Se forem roubados de novo, não haverá, em hipótese alguma, ressarcimento a ninguém.

Foram embora sob os agradecimentos de todos e votos de "Deus abençoe e dobre". E tome cachaça. E música. E dança.

Nunca mais se teve notícias de Raimunda e de seu mascate.

27

No dia seguinte à solução dos problemas que Raimunda havia causado, apareceu na Fazenda da Colina uma senhora, muito humilde, magra e debilitada. Mandaram chamar D. Clementina. Disse que se chamava Maria das Graças. E começou a narrar uma história para ela.

— Quando eu era jovem fui estuprada enquanto trabalhava em uma casa de família. Engravidei e quando o infeliz notou minha barriga, expulsou-me de lá. Saí pelo mundo tentando sobreviver como pude. Quando a criança estava para nascer, o acaso me fez ouvir uma conversa sobre um casal de fazendeiros da região, gente muito boa, mas que Deus nunca tinha abençoado com filhos. Foi então que decidi deixar meu filho com vocês, na esperança de que o adotassem. Cheguei bem cedo, antes de começar o movimento da fazenda, e deixei o cesto naquela varanda ali de trás.

Disse ainda que estava doente e que não tinha muito tempo mais de vida, mas que em todos esses anos tinha carregado o peso de ter abandonado o filho. Só queria pedir perdão a ele para poder morrer em paz. Depois iria embora e não mais voltaria.

D. Clementina perguntou por que ela não tinha deixado um bilhetinho com a criança.

Ela respondeu, surpresa:

— Deixei, sim. Será que caiu e eu não vi?

— E o que você escreveu nele?

Ela descreveu o que tinha no bilhete.

Os olhos de D. Clementina se encheram de lágrimas. Pediu para Francisca, que observava de longe, providenciar um café com pão para ela. Enquanto isso, mandou chamar Nonato até a varanda de trás. Resumiu a conversa e disse que era decisão dele se queria encontrá-la ou não.

Ele pensou por algum tempo. Era uma coisa totalmente inesperada àquela altura da vida. Depois disse que iria vê-la.

Francisca o parou no caminho e disse que ele tivesse cuidado, pois a senhora estava muito fraca mesmo. Não tinha sequer conseguido comer. Temia que ela não aguentasse a emoção.

Quando viu aquela senhora tão sofrida, sentada num banco da varanda, Nonato abaixou-se até ela, olhou em seus olhos e sentiu que daquela vez estava em frente à sua mãe. Ela agarrou suas mãos e começou a pedir perdão a ele:

— Perdão, meu filho. Obrigada, meu Deus, por esse encontro.

Nonato abraçou-a e disse que ela estava perdoada. Mas ela continuou repetindo incessantemente:

— Obrigada, meu Deus! Agora posso ir em paz. Meu filho. Obrigada, meu Deus! Agora, meu filho, posso ir em paz, posso ir...

Ela foi entrando em agonia. Mandaram chamar o médico. Nonato pegou-a nos braços e a levou para dentro, deitando-a na primeira cama que encontrou. Ela arfava cada vez mais, em seus últimos momentos. Quando o médico chegou já era tarde. Em vão, tentaram ressuscitá-la.

O tempo, nosso mestre, aquele que a tudo resolve, finalmente fez seu trabalho com Maria das Graças. Morreu com o semblante tranquilo. Foi enterrada na fazenda, no pequeno cemitério ao lado da capela.

Depois do enterro D. Clementina foi buscar o bilhete. Entregou--o a Nonato. Ele leu em voz alta para que Francisca tomasse conhecimento junto com ele:

"*num nasci de tu mas peço que cuida de mim como se fosse o fio que Deus nunca deu eu vou sempre agradecê ocês pro resto da vida e Deus avera de bençoá nossas vida tudo junto*"

D. Clementina agarrou as mãos de Nonato e disse que nunca, nem sequer por um minuto, nem diante das dificuldades que enfrentaram, eles haviam se arrependido de tê-lo tomado como filho. E que ele tinha vindo para abençoar a vida deles, como uma graça que só o Altíssimo poderia ter lhes dado. Choraram, unidos por um abraço solidário.

Depois dessa experiência, Nonato se sentiu mais completo. Embora nunca tivesse duvidado do amor de seus pais, lá, bem no fundo, sentia um vazio que não sabia explicar. Este vazio se preencheu depois de saber de sua história e de conhecer sua mãe biológica, mesmo que por um breve momento.

O Tempo sorriu, feliz com o desfecho daquela história.

Juventude

Não peça coerência ao mistério
nem peça lógica ao absurdo.

Lygia Fagundes Telles

Fim de tarde.

— Como você demorou hoje, Tempo. Estava aqui contemplando a imensidão do universo, esse céu polvilhado de estrelas.

— Eu e o universo somos muito parecidos, Inácio. Se tivemos começo, ninguém sabe ao certo. Se teremos fim... esta é outra incógnita. Mas ninguém duvida de que existimos. Sabia, Inácio, que os humanos são os únicos animais que sabem que são finitos e que vão morrer um dia?

— Ah, Tempo... Não é a morte que me incomoda, mas a vida de penúria que venho vivendo. Como pode alguém ter tudo e ao mesmo tempo não ter nada? Carrego comigo esse sentimento de que me falta tudo.

— Vou lhe contar uma pequena história, Inácio. Dizia-se que em um reino distante havia um rei muito triste, que adorava seu trono. Nele se sentia alto, acima de tudo e de todos. E, alimentado a ilusão de que sentado em um trono poderia ser mais feliz, começou a espalhar tronos por todos os cômodos do castelo. Mas, a despeito de tudo o que fazia, o rei ainda continuava triste.

— E daí, Tempo?

— O que ele não percebia é que quando subia em seus tronos, sua dor, sofrimento, remorso, solidão, desgosto, vazio, tudo que o tornava triste, também subia junto com ele.

— Ai, Tempo! Quantas verdades você me diz!

— As mazelas são suas, amigo. Só você tem o poder de se livrar delas.

Naquela noite, com as palavras do Tempo ressoando em sua mente, Inácio deitou-se, sentindo-se extremamente pequeno naquele quarto grande e vazio como ele próprio. Levou para cama toda sua tristeza.

28

Inácio venceu seu tempo de internato, chegando aos vinte anos cheio de dúvidas sobre o que fazer de sua vida.

— Bom dia a todos!

— Bom dia não, Inácio, boa tarde. Já estão preparando a mesa para o almoço.

— Quer que lhe traga um café, meu menino? — Perguntou Quitéria.

— Obrigado, Quitéria. Deixo para tomar depois do almoço.

— Coitadinho, deve estar tão cansado dos estudos. Tem que se recuperar. Engordar um pouquinho. Fiz de tudo que você gosta, viu?

Inácio passou os braços sobre os ombros de Quitéria carinhosamente. Os dois sempre se deram muito bem, nunca tiveram atrito, ela sempre disposta a agradá-lo.

Sentaram-se à mesa.

— Já sabe que carreira quer seguir, meu filho?

— Estou decidindo, papai. Alguns colegas meus estão pensando em ir estudar na França. Pensei em cursar Direito em Paris, para ajudá-lo a cuidar dos bens, dos negócios e dos interesses da família no futuro.

Amélia e Leôncio se entreolharam, sem esconder a admiração. Inácio percebeu. Tinha marcado o primeiro ponto.

— Esse menino está tomando juízo, Amélia! E seu amigo, João Carlos, como está? Há muito que não tenho notícias dele.

— João Carlos continua com os estudos de Botânica, ou coisa parecida, sei lá. Da última vez que conversamos ele disse que estava participando de experimentos que vão ajudar nas pesquisas e desenvolvimento de novas espécies na fazenda deles. O senhor sabe, a fazenda dele é especializada em flores raras e exóticas, além da produção comercial, é claro.

— Sei, sim, meu filho. Faz sentido. Eles têm uma fazenda muito próspera, com produtos diferenciados. Acho que ele fez a escolha certa. Mas, egoistamente falando, preferia que vocês continuassem juntos. Mantendo essa amizade tão bonita que cultivaram esse tempo todo. Que ele fosse fazer alguma especialização na França também. Ficaria mais tranquilo com ele por perto.

Leôncio olhou para Amélia em sinal de confirmação e disse:

— Tem nossa bênção, meu filho.

Com o êxito de Inácio no colégio, para os pais o problema de aprendizado dele, a essa época já conhecido como dislexia, era página virada. Quando perguntado, dizia que estava tudo bem. Partiu para a França com alguns colegas para avaliar as oportunidades por lá. Voltou dizendo que fora aceito em uma grande universidade de Paris. Trouxe um relatório completo para seu pai: valores para a formação acadêmica, moradia, custo de vida na capital francesa etc.

Partiu! A bênção já tinha, agora tinha o dinheiro.

Eis a dura verdade.

Inácio não tinha ideia do que iria fazer em Paris. Só queria fugir de casa, das obrigações, não ter que enfrentar a vida. Subornou um empregado da Secretaria da Universidade para que, quando necessário, fizesse de conta que ele estudava lá. O rapaz embolsava a matrícula dele, lhe dava um falso recibo, e Inácio continuava a aproveitar a vida. Vez por outra passava por lá para levar algum agrado e confirmar que estava tudo bem.

Seu pai não poupava dinheiro para sustentar os estudos e as farras do filho, dizendo que homem que é homem tem que aproveitar muito bem a vida antes de se casar.

Vinha visitar os pais uma vez por ano, nas férias mais longas da universidade, trazendo sempre um ou mais "supostos colegas" franceses para conhecer o Brasil e suas propriedades. Leôncio enchia a boca quando descrevia a vida do filho no exterior e o sucesso dele.

Em pouco tempo aperfeiçoou o parco francês que havia aprendido no colégio, comunicando-se com desenvoltura, para a alegria de Amélia, que conversava com ele e os hóspedes na língua deles.

Havia comprado um violão e se gabava de ter puxado o dom do Tio Arthur para música. Não havia novidade que ele não soubesse tocar e cantar junto, em francês ou inglês. Vivia arrodeado de falsos "colegas", amigos interesseiros, a quem não negava uma rodada de bebidas, ingressos para shows, teatro, cinema e outras aventuras. Bebia muito, quase diariamente. Com as drogas felizmente teve uma experiência ruim, não gostou do efeito que elas lhe causaram, mas a bebida passou a ser a sua maior companheira.

Perdeu o avô materno, Coronel Aurélio, não quis vir para o enterro. Dois anos depois foi a vez de D. Carmem. Também não veio para o enterro.

Entrou em negação de si mesmo e nem sequer se dava ao trabalho de se revisitar de tempos em tempos, de se perceber de verdade, de tratar suas mazelas e, principalmente, de se preparar para o que a vida poderia lhe exigir no futuro.

Porém, lá no fundo, naquele recôndito da alma, ou do inconsciente, alguma coisa o incomodava. Sentia um frio na barriga, uma dor na boca do estômago, que não sabia explicar o que era. Se durante o dia suas assombrações o acompanhavam, à noite elas lhe assombravam ainda mais. Não dormia bem. Sabia que se alimentava de ilusão para esconder seu vazio interior.

Aquele menino que brincava com Bento há muito ficara para trás.

O Tempo, observando Inácio, dizia para si mesmo: "Tolo! A casa mal construída um dia desaba, e a máscara, quando menos se espera, cai".

29

— Bom dia, paizinho!

— Bom dia, minha flor. Chegou o grande dia, afinal!

— Estou com frio na barriga, papai. Todos dizem que serei condecorada como primeira colocada entre todas as formandas. Será?

Sua mãe, entrando na sala com o bolo de laranja preferido de Clara, completou:

— Não importa se você é ou não a primeira, minha filha. O que vale é que você está com uma boa base para enfrentar a próxima etapa.

— Que próxima etapa, Helena? Clara já se decidiu sobre o que vai fazer?

— Papai, pretendo ser estilista, estudar em uma escola de moda na Europa. Estou na dúvida entre Paris e Milão.

— Vocês ficaram loucas? Você ainda é uma criança! Uma menina inocente como você, sozinha na Europa? Helena, você está conivente com isso? Você tem que pensar em se casar, Clara, e não em estudar fora do país! Você acabou de fazer dezoito anos, meu Deus!

— Umberto, que coisa mais machista, retrógrada! Os tempos estão mudando rapidamente. Clara tem juízo suficiente para enfrentar o mundo lá fora. É de uma nova geração de mulheres. Vá, minha filha. Não repita o mesmo erro de sua mãe.

— Mas não lhe falta nada aqui, Helena! E nem a você, Clara!

— Já pensou se eu tivesse estudado, como eu poderia lhe ajudar muito mais na condução da rede de lojas?

— Você já me ajuda muito me acompanhando em todos os eventos e organizando os encontros sociais quando preciso.

— Papai, suas lojas precisam de renovação. Nem um vitrinista de gabarito você tem. Usa os próprios vendedores para montar as vitrines.

— Mas não é uma rede para a classe alta, você sabe disso.

— E por isso não precisa atrair clientes? O perfil de nossa classe média está mudando, papai. Antes de ir para a Europa, eu vou pelo menos escolher alguém para treinar...

— Como assim? Quem disse que eu já concordei com isso?

Mãe e filha emburraram. Umberto passou os dedos entre os cabelos, gesto que denotava seu desespero. As duas mulheres de sua vida, de cara virada para ele... isto era insuportável!

— Amanhã, passada a cerimônia de formatura, conversaremos com calma.

Clara levantou-se e abriu a janela de frente para o mar.

— Morro Alto! Cidade maravilhosa! Esse misto de mar e montanhas entrecortando-se ao longo da costa é de tirar o fôlego de qualquer um! Não me canso de apreciar!

— Está muito inspirada hoje, não é, minha filha? — Comentou a mãe com ar de riso.

Clara era a terceira de três filhos. Seus dois irmãos mais velhos, Júnior e Tobias, verdadeiros *bons-vivants*, notas regulares na escola, eram do tipo que chamava a atenção das moças, não só pela beleza, mas também pela desenvoltura. Os pais viviam sendo chamados no colégio, quando não era por causa de Júnior, era por causa de Tobias, e muitas vezes pelos dois.

Clara era diferente, a queridinha do papai, a caçulinha. Do tipo que corria para abraçá-lo quando ele chegava em casa. Sempre foi meiga, prestativa, inteligente, responsável demais para a idade e, além de tudo, perfeccionista. Ninguém precisava cobrar nada dela, ela já exigia muito de si mesma. Talvez compensando com isso o fato de não se achar bonita, mesmo que não lhe faltassem elogios.

Tímida, sempre achou que passava despercebida, que não era notada pelos rapazes. Sabia que não era propriamente feia, mas não tinha a beleza dos irmãos. Sua pele clara, ligeiramente rosada, contrastando com os cabelos castanhos escuros, e os traços delicados quase infantis lhe davam um certo ar angelical. "Parece um anjinho", comentavam os amigos da família. E ela adorava ser um anjo. Esmerava-se para fazer tudo certinho. Seu defeito era a língua. Tinha resposta para tudo. A boca era mais rápida do que a cabeça, fazendo-a muitas vezes se arrepender do que dizia. Como diz a sabedoria popular, "língua afiada, coração mole".

Tinha os passos largos e fortes, que não lhe tiravam a elegância. Suas pernas compridas pareciam ter roubado um pouco da gordura que lhe faltava nas nádegas. Sabia se vestir muito bem, escolhendo a roupa que favorecia seu corpo. Seu sonho era trabalhar com desenho de moda, ser uma estilista renomada, ter sua própria loja de roupas exclusivas e sob medida. Vivia criando modelos, mas nada tinha a fazer com eles, pois a rede de lojas de sua família só vendia roupas prontas, para o dia a dia.

Sua dúvida estava entre a Esmod, em Paris, e o Instituto Marangoni, em Milão. Acabou optando por Paris.

Partiu com um misto de excitação e medo, mas gostava de um desafio. Tinha certeza que venceria.

Ambientou-se em Paris, venceu a timidez a duras penas, fez amigos, passeou muito, conheceu boa parte da Europa de trem, teve alguns namoricos nada sérios, mas sempre focada nos estudos.

Faltavam apenas seis meses para completar o curso quando veio a notícia de que seu pai havia tido um derrame e estava mal no hospital.

Largou tudo e voou para Morro Alto. Chegou a tempo de vê-lo com vida, mas não conseguiu mais conversar com ele.

As próximas duas semanas foram penosas para a família. Primeiro dor, depois temor, um sentimento de desamparo total que tomou conta da família. Suspiros, lágrimas, perguntas sem resposta. "O que será de nós sem ele?", era a mais frequente. A casa, cheia de visitas, que recebiam educadamente, embora preferissem estar sozinhos. A missa de sétimo dia, dilacerante, fazendo-os reviver o drama da perda e do enterro. Palavras de consolo, a maioria *pro forma*; gente que não conheciam, ou que não se lembravam de ter conhecido, esvaindo-se em lágrimas.

Enfim, a hora de enfrentar a realidade. Clara sabia que os irmãos estavam longe de ter condições de assumir alguma responsabilidade e que sua mãe era totalmente despreparada para tal missão. A sorte era que seu pai havia conduzido bem o negócio e formara um bom corpo gerencial, dedicado e fiel a ele por muitos anos.

Queria adiar a volta para Paris por seis meses, mas sua mãe a incentivou a não atrasar a formatura. "Você pode precisar dela ainda mais agora", aconselhou a mãe. Acompanharia de lá, ligaria mais para casa.

Quando ligava, nem sempre recebia boas notícias. A empresa não ia tão bem quanto se pensava, precisava de renovação em vários sentidos. Seria melhor vender a rede de lojas e aplicar o dinheiro em imóveis bem localizados que lhes dessem uma garantia futura. A cada vez que ligava, ouvia versões diferentes, propostas diversas, algumas sequer faziam sentido para ela. Às vezes agradecia por estar longe de tantos problemas.

— Mamãe, muito cuidado com seus dois dândis, viu? Eles precisam saber que a realidade agora é outra, e mudar de vida. Tomar juízo e se enfronhar nos negócios da família. Era esse o desejo de papai. — Aconselhava Clara sempre que ligava para casa.

— Você está coberta de razão, Clara. Mas não está fácil.

Nessas horas ela tinha uma vontade louca de voltar e dar um jeito na situação. Logo ela, a caçula? Que força teria sobre seus irmãos? Podia aconselhá-los, nada mais. Neste ponto seu pai tinha errado muito. Não imaginou que morreria tão cedo. Ninguém imagina.

Foi nessa fase de sua vida, preocupada com seu futuro e de sua família, sentindo-se desamparada, sofrendo com a ausência do pai, que Clara conheceu Inácio, em Paris.

30

— Bom dia, Dinda!

— Oi, meu querido. Como estão as obras de sua casa? —Perguntou Amélia.

— Estão indo bem. Eu é que fico na dúvida se devo aceitar esse presente. Está dando o que falar lá no Caracol.

— Deixe que falem, Bento. O povo sempre fala. Se não for disso, será daquilo. Sempre foi assim. Você merece, meu filho. E escolheu uma moça ótima para se casar.

— Isto eu concordo. Neuzinha é uma bênção na minha vida.

— E, por outro lado, sua avó precisa de acomodações melhores. Você sabe, Quitéria já não é mais uma mocinha. Precisa trabalhar menos, mesmo que seja muito difícil convencê-la. Na casa nova, Quitéria terá um quarto só para ela e estará perto de vocês. Não ficará desassistida, não se sentirá sozinha. Chitão já está rapaz, vai dar rumo para a vida dele. Trabalhando aqui na horta, ele está de certa forma sob nossos olhos também.

— Ah, Dinda! Não tenho palavras para agradecer o que a senhora e o Coronel estão fazendo por mim. Como dizem por lá, eu ganhei na loteria.

— Nunca diga isso, Bento. Você fez por merecer o nosso apreço.

— E vou sempre retribuir, Dinda. Mas às vezes fico pensando que lá no Caracol há muita gente que, se tivesse recebido a atenção que eu tive, também faria por merecer. Só que não teve.

— Agradeça por você. Tive que aprender que a gente não consegue salvar o mundo todo, nem resolver todas as suas injustiças. Vamos fazer o que está ao nosso alcance.

Bento calou-se. Sabia que, com o dinheiro que tinha, o coronel poderia ter feito muito mais. Mas todas as melhorias para os empregados foram feitas com muito empenho de sua madrinha, uma batalha vencida de cada vez, embora essa guerra ainda clamasse por muitas outras batalhas. Suspirou.

Amélia o viu pensativo e completou:

— Você tem um coração muito bom, Bento, desde pequeno. Tenha cuidado para não se culpar por ter tido oportunidades e muito menos pelo fato dos outros não terem. Quer saber? Esse mundo não é justo mesmo.

Bento sorriu. Conhecia tanto a madrinha que já sabia o que ela ia falar.

Amélia também sorriu, admirando a transparência de Bento. Conhecia-o melhor do que seu próprio filho. Bento era expressivo, mostrava no rosto o que estava sentindo. Inácio era dissimulado, traçava caminhos tortuosos para chegar onde queria.

Bento havia se tornado um rapaz forte, alto e muito simpático, como sempre havia sido, desde pequeno.

Neuzinha havia crescido entre eles no Caracol, tinha sido aluna de Amélia desde criança. Estava chegando aos dezoito anos quando começou uma amizade com Bento, que logo virou namoro, com a aprovação de Quitéria, o que era essencial neste caso.

Era uma moça meiga, muito prestativa e bonita. Diziam que seu avô materno era indígena. Sua pele morena, com um toque avermelhado, e seus olhos ligeiramente amendoados confirmavam a ascendência.

Quando Bento completou vinte anos, decidiram que ficariam noivos e marcaram o casamento.

Amélia informou a Bento que construiriam uma casa para eles começarem a vida. Alguns empregados já moravam em casas independentes, no entorno do Caracol, com a aprovação de Leôncio, mas nunca com ajuda dos patrões.

Bento resistiu a princípio. Já era muito marcado pelo tratamento diferenciado que recebia de Amélia. Ela argumentou que era o melhor para Quitéria, para que ela não ficasse sozinha. Eles acabaram aceitando.

Casaram-se numa cerimônia simples, na capelinha da fazenda.

Depois da ida de Inácio para Paris, Leôncio decidiu que deveria preparar Bento para ser um dos futuros capatazes da fazenda. Ele havia completado o ginásio e, em seguida, ingressado no Curso de Técnico em Contabilidade, no Colégio de Formação Ginasial e Técnica, na entrada de Vale Fundo, e estava preparado para tal função. Como sempre, Amélia argumentou com seu marido que promover Bento era um trato dela com Deus e que não permitiria que ninguém a impedisse de cumpri-lo. Leôncio, mesmo não acreditando mais nesse tal trato, encontrava nele uma boa desculpa para ceder às exigências de Amélia sem se sentir afrontado. Amargava uma culpa pela morte da mãe de Bento, por não ter atendido ao pedido de Amélia de chamar um médico para ela. Inicialmente, essa culpa o fazia implicar com Bento e rejeitá-lo. Agora, mais velho e mais sábio, tentava compensá-lo pelo mal feito.

Além do mais, tinha que reconhecer: Bento era muito esperto, inteligente e tinha um interesse e uma determinação muito grandes para aprender qualquer coisa. Não se punha limites para nada quando o negócio era aprender. Gostava de um desafio. E Leôncio sabia que poderia confiar nele. "Será um olho a mais para engordar meu gado", dizia a Amélia, parafraseando o dito popular.

Leôncio, mesmo sem externar, sabia, bem lá no fundo, que havia alguma coisa errada com Inácio. Mesmo que o filho tentasse ocultar de toda forma, seu comportamento revelava uma certa dissimulação. Leôncio não tinha nascido ontem. E via em Bento a oportunidade de ensinar tudo, como seu pai lhe ensinara. "Já não sou novo. E ninguém sabe quando vai morrer."

O Tempo, acompanhando essa história, impotente, esperava por seu desfecho: "Pode-se enganar alguns por um tempo, mas não a todos para sempre".

31

Inácio adorava Paris, especialmente as suas obras arquitetônicas. Interessava-se pelas histórias dos edifícios e monumentos. Numa tarde de domingo sentou-se com alguns amigos no Café De La Paix, em frente ao belíssimo edifício da Ópera Garnier, um de seus preferidos, construído pelo arquiteto Charles Garnier, entre 1860 e 1875, por ordem de Napoleão Bonaparte III.

Estava observando a fachada, perdido em pensamentos, quando viu um grupo de moças, provavelmente universitárias, passando do outro lado da rua. Uma delas chamou sua atenção de imediato. Ela parou e tirou alguma coisa de sua bolsa, deixando cair um papel. Ele se levantou apressadamente e correu até ela, apanhou o papel e lhe entregou.

Ela agradeceu a gentileza e já ia saindo quando ele lhe falou:

— Não pude deixar de observar que é um ingresso para uma peça que também irei ver no próximo sábado, *La Cantatrice Chauve* (A Cantora Careca), no *Théâtre de La Huchette.*

— Que coincidência! — Exclamou Clara. — Brasileiro?

— Como você descobriu? — Perguntou em português.

— Com esse sotaque...

— Achei que eu já o tivesse perdido.

— A gente nunca perde totalmente.

— A propósito, meu nome é Inácio.

— Eu sou Clara.

A essa altura a turma de moças havia parado um pouco mais à frente para esperá-la.

— Tenho que ir, infelizmente.

— Vou te esperar sábado que vem, em frente ao teatro, meia hora antes do início da peça, combinado?

— Estarei lá. — Respondeu Clara.

Quando se juntou ao grupo, Inácio percebeu as brincadeiras delas em relação à Clara. Não foi diferente com ele quando voltou à sua mesa.

Passaram a semana toda, ele e Clara, pensando naquele encontro e ansiando pela chegada do sábado. Ela, tentando encontrar um jeito de se sentarem juntos, negociando com as amigas que cedessem um lugar. Não foi preciso. Inácio havia comprado dois novos ingressos, dois lugares coladinhos um no outro.

Foram se conhecendo, contando suas histórias, as histórias de suas famílias, pelo menos as que podem ser contadas num começo de relacionamento.

Clara chorou quando falou da morte recente de seu pai. Inácio a consolou, dizendo que entendia a dor dela, já que não conseguia nem pensar na hipótese de perder o dele naquele momento.

Inácio falou de sua mãe, de sua infância, da fazenda, do internato, de sua amizade com João Carlos, até de Bento, mas não mencionou em momento algum a farsa que vivia em Paris. Para todos os efeitos estava cursando Direito. Passearam muito, de mãos dadas, braços e almas também. Subiram e desceram a Champs-Élysées várias vezes, foram à Torre Eiffel, à Bastilha, à Notre-Dame, ao Quartier Latin, ao Museu do Louvre, e a todos os cafés famosos da época. Ele, pagando todas as contas; os amigos, enciumados por terem perdido as mordomias que ele lhes propiciava.

Os três primeiros meses passaram nas nuvens. Não havia lugar, mesmo que já tivessem estado lá sozinhos inúmeras vezes, que não fosse diferente quando estavam juntos, suscitando neles as mais lindas declarações de amor.

Estava se aproximando a data de Clara voltar para o Brasil. Inácio não sabia o que fazer, era cedo para se casarem, mas não conseguia se imaginar longe dela.

— Não vá embora, Clarinha.

— Não tem jeito, Inácio. Tenho que voltar e encarar a minha realidade. Já me ausentei muito de casa. A vida deles lá está um caos. Acho que vou fazer diferença voltando.

— Fica mais um semestre. Arruma um estágio. Eu arco com todas as suas despesas aqui.

— Não se trata de dinheiro, Inácio. Preciso voltar.

Ele se calava. No dia seguinte retomava o assunto, para o desespero de Clara, que estranhava aquela imaturidade de Inácio de querer comprar tudo o que queria. "Nem tudo está à venda, menino", pensava.

Inácio sequer percebia o que estava fazendo consigo próprio, negando sua essência. Desde criança alimentava uma paixão não percebida por João Carlos, seu grande amigo. Tinha sido inundado diariamente, durante sua formação católica no internato, por assertivas como a que Deus criou Adão e Eva, que nos dividíamos em homens e mulheres, que um dia nos casaríamos para formar uma família, sob as bênçãos Dele.

A adolescência foi chegando, os hormônios aflorando, e ele, sempre arrodeado de meninos, começou a desejá-los em silêncio, a imagem de Tadeu nu no banheiro do colégio sempre voltando à sua mente. Sua vida virou um inferno. Sentia-se perdido, deslocado, diferente, notando os comentários dos mais velhos quando ele passava, como se ele tivesse um problema que ele próprio não reconhecia. Passou a se sentir deprimido, chorava escondido, perdeu as contas de quantas vezes pensou em acabar com a própria vida. Até que em seu último ano, quando João Carlos já não estava mais no internato, apaixonou-se perdidamente por um de seus colegas, que o ignorava por completo. Seu último semestre no internato foi de tanto sofrimento que só pensava em fugir de lá, sair sem rumo pela vida, tentar esquecer a dor e a culpa que o corroíam.

Concluídos os estudos, voltou para a fazenda. Lá chegando, não reconhecia mais aquele lugar como seu lar. Sentiu-se ainda mais oprimido. Tinha que fugir a qualquer preço. Foi para Paris.

Em Paris, longe de todos, apaixonou-se novamente. Pela primeira vez pôde dar vazão a seus verdadeiros desejos sexuais. Em todos os homens com quem se envolvia, buscava a figura de João Carlos, seu amigo de infância. Não era à toa que todos se pareciam, de alguma forma, com seu primeiro amor. Depois do ato, começava a se condenar, pensando em seu pai e sua mãe, sofrendo pelo julgamento que certamente fariam dele. Tinha certeza que jamais o aceitariam. E, para completar, ainda vivia uma enorme culpa, pensando no castigo de Deus.

Foi vivendo esse dilema que conheceu Clara, sua tábua de salvação. Antes dela, tinha saído com poucas garotas, apenas para proteger sua imagem frente aos amigos e à sociedade. Tinha que fazer o que lhe haviam apresentado como certo, trilhar o caminho normal, a estrada a ser seguida. Agarrou-se a ela de tal forma que a queria só para ele. Só ela resolveria os seus problemas. Ela era perfeita e tinha que continuar perfeita. Um anjo só dele. Se a perdesse, ficaria vulnerável novamente. Apostou tudo nela.

O Tempo observava Inácio de longe, com muita pena pela barganha que o rapaz estava fazendo consigo próprio, com sua natureza. E aguardava impotente pelo desfecho de uma história que, por vários motivos, já se delineava de forma errada.

32

Faltavam dois meses para o final do ano letivo quando Inácio recebeu um telegrama de sua mãe solicitando sua presença em casa. Seu pai estava internado, muito mal de saúde. Inácio sentiu a terra tremer embaixo de seus pés, incrédulo com a notícia. Sem ação, sem saber o que fazer.

Bateu à porta de Clara naquela tarde, totalmente desorientado. Estava abalado, sem saber por onde começar. Quando a viu, começou a narrar o acontecido e desabou num choro incontrolável. Clara o acalmou, ajudou-o em tudo: passagem aérea, dinheiro e bagagem suficientes para a viagem. Acompanhou-o até o aeroporto. Despediu-se dele com o coração partido. Tinha passado há pouco tempo por isso e sabia que não seria fácil.

Chegando a Vale Fundo, foi direto para o hospital encontrar sua mãe. Seu pai, com quase setenta e cinco anos, havia sofrido um infarto, tal qual seu avô. Estava no CTI desde a manhã do dia anterior. Os médicos não estavam muito otimistas com sua situação. Inácio hospedou-se no mesmo hotel que sua mãe estava desde o dia anterior, próximo ao hospital. Foram dias angustiantes, de sono inquieto. A única coisa que o tirava dessa agonia era pensar em Clara.

Dois dias após sua chegada, Coronel Leôncio veio a falecer.

Vieram o enterro e todos os trâmites e desprazeres inerentes à situação. Casa cheia de gente que vinha apresentar condolências. Missa de sétimo dia na capelinha da fazenda, lotada, com muita gente do lado de fora. E, enfim, a hora de enfrentar a realidade.

Amélia estava devastada. Por mais que soubesse que essa hora iria chegar um dia, se ela não fosse antes dele, não estava preparada para que chegasse tão cedo. Notou que Inácio estava muito inquieto.

— O que você tem, meu filho? Não se preocupe, as coisas vão se ajeitar.

Inácio não respondia, apenas se recolhia em sua culpa por ter enganado o pai. E não tinha coragem de dizer à mãe que ficara quatro anos vagabundando em Paris. Tudo o que queria era Clara ao seu lado. Mas também temia a hora de ter que revelar a verdade a ela.

Quinze dias depois da morte de seu pai, disse à Amélia que teria que voltar a Paris, para encerrar umas pendências.

— Mas não vai terminar seu curso, meu filho? Falta tão pouco.

— Mãe, não posso terminar o que eu nunca comecei!

— Como, Inácio? Não estou entendendo.

— Prometo, mãe. Quando eu voltar lhe contarei tudo.

Amélia perdeu a cor, sentiu as pernas bambearem. Olhou para o filho sem querer entender o que tinha ouvido. Depois de um tempo, respondeu:

— Vá e volte logo. É hora de virar gente grande. A fazenda agora está em suas mãos.

— Conheci uma moça em Paris, mãe. Brasileira, de Morro Alto. Chama-se Clara. Estou perdidamente apaixonado. Ela está terminando seus estudos na Escola de Moda, forma-se em um mês. Quero ficar lá nesse período. Depois volto com ela. Vou me casar.

— Há quanto tempo se conhecem, Inácio? Você fez mal à moça? Ela está grávida? Que loucura é essa, meu Deus?

— Não! Claro que não! Conhecemo-nos há quatro meses, mamãe. Ela é uma moça ótima, perdeu o pai recentemente também. Tem condição social boa. Tenho certeza de que quando você a conhecer, vai adorá-la. Assim como Clara vai lhe amar.

— É precipitado, muito precipitado! Vocês têm que se conhecer melhor. Condição social é só detalhe, Inácio. Estou preocupada com sua felicidade. Não acho que você tenha maturidade para se casar e assumir esta fazenda. Espere um tempo. Continuem namorando. Você vai visitá-la de tempos em tempos em Morro Alto. Ela precisa conhecer a fazenda, sua família, os desafios que vai enfrentar morando aqui. Pense melhor.

— Vou pensar.

— Ela já sabe que você não estava estudando em Paris?

— Ainda não contei.

— Não se começa um relacionamento para toda a vida com uma mentira, meu filho.

Amélia suspirou, profundamente.

Inácio não ouviu os conselhos da mãe. Não conseguia sequer considerar a hipótese de deixar Clara em Paris ou em Morro Alto longe dos olhos dele.

Voltaram, ficaram noivos e marcaram o casamento. Levou Clara para conhecer sua família e a fazenda onde iriam viver. Quando perguntado sobre o curso, apenas respondia que daria um jeito de terminá-lo aqui no Brasil mesmo.

O Tempo, assistindo àquela novela, gemeu: "Ah, a paixão... Esse sentimento etéreo que mostra o céu e esconde o inferno! Que tira os pés do chão. Que cega, empurra a verdade para o lado, mesmo que ela paire nua e crua na frente dos olhos. Que ensurdece para tudo o que é sensato. Ah, essa droga que leva ao mundo da irrealidade, dos sonhos. Que faz ver um ao outro como perfeitos, e não como humanos, pois para ela não há passado, só presente. Futuro? Raramente. Só se sua face cruel nunca for desvelada".

33

Bento, completamente devastado, acompanhava tudo de longe, aguardando a hora certa de se manifestar.

Tinha aprendido a admirar o Coronel Leôncio nesses quatro anos que trabalharam juntos. Quitéria vivia dizendo que o Coronel tinha se tornado outro homem depois que se casou com D. Amélia. E nos últimos tempos então... nem se fala como ele tinha se modificado.

Leôncio, na ausência do filho, e vendo a idade avançar, viu em Bento uma pessoa confiável para receber a informação e as lições que gostaria de passar para Inácio. Sua intuição sempre lhe avisava que as coisas para seu filho não seriam fáceis. Até acesso à sua biblioteca ele deu a Bento, indicando algumas vezes livros que ele achava que poderiam ajudar em sua formação. Bento devorava todos, com o maior cuidado para devolvê-los no mesmo estado que recebera.

— Se algo acontecer comigo, Bento, confio em você para apoiar Inácio, viu?

— O que é isso, Coronel? O senhor tem uma saúde de ferro. Vai enterrar nós todos.

— A vida é cheia de surpresas, Bento. A arte de conduzir bem um negócio está em se preparar sempre para as intempéries da vida. Pelo menos para as que a gente consegue prever. Você não se lembra, mas já ouviu contar muitas vezes sobre aquela tempestade que assolou a fazenda. Naquela ocasião eu percebi que nunca tinha me preparado para nenhum desastre como aquele, mas eles podem ocorrer.

Bento passou a participar das negociações do gado com os clientes e a acompanhá-lo nas visitas de Celinho, o contador da fazenda. O Coronel confiava plenamente nele, como havia confiado em seu avô, Célio Pacheco, que serviu à fazenda desde os tempos de seu pai. Passou para Bento tudo o que ele achava que faculdade nenhuma ensinaria a Inácio.

— Você será o anjo da guarda de meu filho — dizia sempre a ele. Bento levou sua missão a sério. Perguntava tudo e até se atrevia a dar suas opiniões de vez em quando. Algumas delas conseguiam arrancar do Coronel uma gargalhada generosa. Outras ele apreciava muito e reconhecia a importância de uma visão de fora, de uma mente ainda não viciada na forma de fazer as coisas. Era inteligente, não tinha dúvida. E conhecia a fazenda como a palma da mão.

Bento, a essa altura, já era pai de uma menina, Maria de Fátima, e Neuzinha estava grávida novamente. Que cargo ele tinha na fazenda? Ninguém sabia, nem ele mesmo. Mas recebia salário de capataz.

Se Inácio aceitaria o apoio que seu pai tanto pediu para ele lhe dar, isto lá era outra coisa. Não conhecia mais a pessoa que Inácio se tornara.

34

Inácio chegou a Paris indócil para ver Clara. Tinham se falado poucas vezes por telefone nas últimas semanas. Abraçaram-se demoradamente, inundando um ao outro de declarações comoventes.

— Como você está, meu querido?

— Sobrevivendo, para ser bem sincero. E totalmente perdido. Vou ter que assumir a fazenda daqui para frente, mas não tenho noção do que me espera, Clarinha.

— E seu curso, não vai terminar?

— Não agora, preciso voltar. Depois vejo o que consigo fazer no Brasil para concluí-lo.

Inácio enfiou a mão no bolso, ajoelhou-se, pegou a mão dela e perguntou:

— Casa comigo?

— Inácio, levante-se! Que brincadeira é essa? Acabamos de nos conhecer!

Ele continuou ajoelhado, tirou do bolso um anel que fora de sua avó e colocou-o no dedo dela. Tinha ensaiado esse gesto durante toda viagem para Paris.

Clara ficou emocionada, tentando recobrar o juízo. Inácio se levantou, meio surpreso.

— Tenho que pensar, Inácio.

— Em quê?

— Na minha vida, você me pegou de surpresa. Estou acabando de me formar. Quero trabalhar, me tornar uma profissional reconhecida, ter minha própria grife. Sei lá, construir uma carreira.

— Com o que herdei de meu pai, querida, você não vai precisar trabalhar nunca.

— Não se trata de dinheiro, Inácio, e sim de realização. Sempre sonhei com isso. Tenho que pensar. Não quero passar minha vida na inutilidade, sem objetivo, sem planos para o futuro.

Notando que Inácio havia ficado chateado, acrescentou:

— Isto não é um não. Apenas preciso pôr minha cabeça no lugar. Não gosto de fazer nada precipitadamente. E acho que você ainda está sob o impacto dos últimos acontecimentos.

— Não, Clara. Só não consigo imaginar minha vida sem você.

— Faltam duas semanas para eu encerrar tudo aqui. Vamos conversar nesse período e então resolvemos o que fazer.

Inácio cobrava uma resposta todos os dias. Prometeu tudo o que imaginou que agradaria a Clara. Sugeriu que ela trabalhasse na fazenda mesmo. Ele montaria um estúdio para ela, com tudo o que precisasse, para ela criar as coleções. Já comprariam em Paris material de primeira qualidade para ela montá-lo. E de vez em quando ela iria para as capitais apresentar seu trabalho. Com o talento e a formação dela, tinha certeza que ela alcançaria o almejado sucesso. Prometeu mundos e fundos até que ela aceitou o pedido.

Formada, ela voltou com ele para Morro Alto para apresentá-lo à família. Helena, sua mãe, abordou-a num canto:

— Você tem ideia do que está fazendo, minha filha?

— Claro, mamãe. Inácio é o homem de minha vida.

— Clara, começo de casamento não é fácil, muito menos com uma mudança drástica dessa. Você tem ideia do que é morar numa fazenda, minha filha?

— Inácio me disse que é perto de Vale Fundo. São só sessenta quilômetros de estrada asfaltada.

— Acho que vocês deveriam se conhecer melhor. Namorar mais um tempo. Passar uns dias lá antes de tomar sua decisão. Você acabou de se formar...

— Eu sei o que estou fazendo, mamãe.

Helena se deu por vencida.

Combinaram de se casar em três meses. Com a perda recente dos pais, fariam uma festa simples, somente para as duas famílias e os amigos muito íntimos. Dos amigos de Inácio, somente João Carlos seria convidado. Foram à Fazenda Almeida Bastos para ela conhecer a família dele e acertar os detalhes. Como Inácio previra, Clara e Amélia se deram muito bem. E Quitéria se desmanchou em atenção para que ela tivesse a melhor impressão de tudo e de todos, como recomendado por Inácio.

Assim ocorreu. Casaram-se e foram passar a lua de mel nos Estados Unidos, pulando de cidade em cidade até conhecerem as mais famosas, demorando-se naquelas que mais gostavam; ele comprando tudo o que Clara se demorava olhando, perdendo as contas de quantas vezes disseram um para o outro "eu te amo".

Passaram em Morro Alto na volta, cheios de presentes para todos. E partiram para a fazenda.

Enquanto isso a fazenda continuava sendo tocada pelos capatazes, sob o olhar de Bento e a preocupação de Amélia.

O Tempo, observando aquela euforia, pensou consigo mesmo: "Ah, os humanos! Quantos 'eu te amo' são ditos em vão? Verdadeiros, passageiros, ocasionais, enganosos, ou por um simples interesse em receber algo em troca?".

O falso doutor

Nostalgia é saudade do que vivi,
melancolia é saudade do que não vivi.

Carlos Heitor Cony

Fim de tarde.

Inácio, cada dia mais melancólico, aguarda pacientemente a presença do Tempo.

— Olá, Inácio. Qual o motivo de tanta melancolia?

— Estou cansado da vida, Tempo. Cansado de pensar.

— Talvez porque não esteja pensando com clareza, amigo. O que lhe aflige?

— Estou aqui pensando que se eu tivesse irmãos, ou se não tivesse nascido com dislexia, ou com essa atração por homens que me mata de culpa, como teria sido boa a minha vida!

O Tempo deu um grande suspiro e depois respondeu impaciente:

— Detesto essa partícula "se"! Ela só é linda na gramática. Na prática, não funciona. É inócua!

— Calma, Tempo.

— Quantas vezes eu já lhe disse que não volto?

— Muitas.

— Então para mim ela não existe. O "se" é uma fantasia. Porque "se" você não volta, como pode saber qual caminho a vida lhe teria dado? E o pior é que a grande maioria sempre imagina um caminho melhor do que aquele que teve. Como se outros caminhos não tivessem também suas pedras, seus tropeços, não pudessem ser piores do que o que foi trilhado. Aprenda, Inácio, de uma vez por todas: se não fez certo, acerte daqui para frente. Só depende de você, de um simples gesto: vire a página já vivida.

E com isso o Tempo se retirou, deixando-o atordoado. Inácio foi dormir naquela noite desejando receber um sinal, quem sabe na forma de sonhos, de como poderia consertar os seus erros.

35

O casal chegou dos Estados Unidos em euforia e logo se instalou no melhor quarto da casa, que Amélia tinha preparado para eles.

— Clarinha, você pode mudar tudo o que quiser, viu? Deixar do seu gosto.

— Está tudo ótimo! Se eu sentir falta de alguma coisa converso com sua mãe.

— Mas não precisa pedir a aprovação dela, você é quem vai mandar em tudo agora.

— Deixe que eu e D. Amélia nos entenderemos. Só mudarei o necessário. A casa é maravilhosa!

A primeira tarefa de Clara foi montar seu estúdio, com a ajuda da sogra.

Para Amélia era uma experiência ímpar, pois não sabia o que era conviver na intimidade com outra mulher. Já começava a gostar de Clara como se fosse uma filha. Eram duas almas que sabiam seus limites e assim começaram um relacionamento tranquilo, que exigiu a adaptação de ambas, com certos cuidados, é claro, mas nada que gerasse conflitos e malquerenças. Aos poucos foram se acostumando uma com o jeito da outra.

Amélia conversou demoradamente com Inácio sobre tudo o que seu pai havia feito, preparando Bento para ser seu apoio, caso ele viesse a faltar.

— Não entendo para que isso, mamãe. Com essa quantidade de capatazes e com Sebastião, que trabalha aqui há tanto tempo!

— O que ele queria mesmo, Inácio, era passar para você a sabedoria que ele adquiriu com a idade, a visão de proprietário, a forma de conduzir a fazenda. São coisas de outro nível, que só o tempo nos traz. E, também, uma dose de malícia para resolver os problemas e os desafios que você terá que enfrentar. Você ainda é muito inexperiente quando se trata de negócios. E não estava aqui ao lado dele, como aconteceu entre ele e seu avô. Como seu pai já era mais velho quando você nasceu, vocês tiveram pouco tempo de convivência como adultos.

— E Bento por acaso tem essa sabedoria e essa malícia? Somos da mesma idade.

— Mas seu pai pôde instruí-lo nos quatro anos de sua ausência, meu filho. Isso não ocorreu com você. E, ainda, Bento ficou na fazenda, enquanto você estava fora de casa.

"Estava fora vagabundando, foi isso o que ela quis dizer", pensou Inácio, irritando-se mais ainda com a situação.

A primeira providência dele foi percorrer a Fazenda com Sebastião, o capataz geral. Não quis Bento a seu lado.

Dias depois Bento apareceu na Casa Grande.

— Inácio, estou precisando conversar com você.

— Daqui em diante, Bento, para você e para todos aqui na fazenda, eu me chamo Dr. Inácio!

Amélia, que estava por perto, ansiosa pelo desfecho daquela conversa, não se conteve e perguntou ironicamente:

— Não prefere que lhe chamem de Coronel, meu filho?

— Dr. Inácio!

Encerrou o assunto, saindo sem sequer dar chance a Bento de conversar com ele.

Amélia aproximou-se de Bento e lhe disse:

— É muita coisa para ele digerir de repente. Está perdido ainda. Vamos dar tempo ao tempo.

— Pode deixar, Dinda. Fiz uma promessa ao Coronel e não vou desistir dela tão fácil assim. Foi só o primeiro passo.

Inácio, afastando-se do grupo, pensava com seus botões que não ia deixar que aquela velha historinha de Bento e Cicinho se repetisse agora.

Bento, angustiado, não deixava de alimentar uma certa antipatia por Inácio, o que tornava sua promessa mais difícil de cumprir.

Amélia percebia tudo. E ficava cada dia mais preocupada com o rumo que as coisas iriam tomar dali para frente.

36

A cada dia Amélia admirava mais Clara. E Clara, mesmo que sempre tenha se dado muito bem com a mãe, estava muito feliz com a sogra que Deus lhe tinha dado, se sentindo duplamente abençoada: pela mãe e, agora, pela sogra.

As duas passaram a ir todas as quintas-feiras a Vale Fundo. Andavam pelos bairros onde se encontravam as principais lojas e boutiques de classe alta, compravam revistas de moda estrangeira e nacional. Clara queria estar sempre um passo à frente das tendências de cada estação. Até Amélia passou a sentir vontade de comprar roupas melhores, mais atuais, para acompanhar a nora nesses passeios. Quanto aos sapatos, moda nenhuma a convencia de deixar de lado o conforto.

Iam ao salão de beleza, almoçavam juntas e antes de voltar para casa paravam em uma confeitaria para comer alguma guloseima diferente das que normalmente faziam na fazenda.

Passavam ainda em uma livraria em busca de alguma novidade. As duas adoravam ler e discutir cada livro. Clara, se alimentando da maturidade das interpretações da sogra; Amélia, se alimentando das perspectivas da juventude, das quais há muito andava afastada.

Depois da morte de Leôncio, Amélia começava afinal a retomar o gosto pela vida. As duas aguardavam ansiosas por esse dia e já começavam a fazer planos durante a semana para o dia que passariam na capital, Vale Fundo. A volta de Inácio estava trazendo muitas alegrias a ela, embora uma ponta de preocupação sempre a incomodasse.

Um dia, sentadas em uma confeitaria, Clara abordou a sogra:

— D. Amélia, me conte um pouco sobre Inácio quando criança. Vou ser sincera, sinto que Inácio tem alguma coisa que o incomoda, principalmente em relação a Bento, mas não sei o que é.

— Ah! Inácio foi um menino lindo! E Bento também. Vai ser uma longa história. Vou dividi-la em capítulos.

E assim Amélia foi contando tudo o que se lembrava. Foram muitas conversas sinceras, como sempre fora o estilo dela, nem sempre só de alegrias, nem sempre narradas cronologicamente. Um dia aqui, outro acolá, preenchendo o quebra-cabeça de Clara. Atenta a tudo, surpreendeu-se quando ela mencionou a dificuldade de Inácio com a leitura, pois ele nunca havia lhe falado disto.

Amélia dedicou um capítulo inteiro para o caso "Leôncio e Bento", enfatizando a rejeição inicial dele ao menino até chegar ao treinamento que o marido tinha dado a ele, junto com a recomendação de que ele seria os olhos do pai em cima de Inácio, como um protetor. E completou:

— Parecia que ele estava adivinhando que não teria o tempo necessário para preparar Inácio.

— E Inácio sabe disso?

— Eu mesma me incumbi de falar com ele, mas Inácio ignorou tudo o que eu lhe disse.

Clara suspirou.

— Vou aguardar uma boa oportunidade para conversar com ele.

— Tenha cuidado, minha filha, o assunto pode ser mais delicado do que você imagina.

Aquelas duas mulheres trocando confidências, em uma relação tão harmoniosa, fez o Tempo lembrar-se da época da infância de Inácio e Bento. Percebeu ali a mesma harmonia que unia Amélia e Bento. Ponderou consigo mesmo: "É, meus amigos, os opostos podem até se atrair, mas é na igualdade que se encontra a verdadeira felicidade".

37

Clara começou a desenvolver uma série de coleções para começar sua "via-sacra" em busca de aprovação. Começaria em Vale Fundo. Depois iria a Morro Alto. E assim prosseguiria até conseguir um contrato.

Inácio, depois de um mês na fazenda, já não aguentava mais de saudade de sua vida de boemia. Decidiu então comprar um apartamento em Vale Fundo para passar os fins de semana com Clara e servir de apoio para a sua família, em qualquer situação.

Retomou algumas velhas amizades do tempo do internato, e todo fim de semana iam para Vale Fundo. Cinema, teatro e, principalmente, bares e restaurantes. Sempre que podia, João Carlos se hospedava com eles, nem que fosse por um dia. Vale Fundo era meio caminho entre as duas fazendas. E agora, que o asfalto já tinha chegado a boa parte das estradas de acesso a Vale Fundo, os trajetos estavam muito mais fáceis e rápidos.

Vez por outra combinavam de se reunirem na fazenda durante um fim de semana ou um feriado prolongado, sempre regado a muita bebida, comida à vontade, os esportes aquáticos que a lagoa propiciava e as acomodações da fazenda, que acolhia a todos com muito conforto.

Clara, mais sociável do que Inácio, em pouco tempo se tornou amiga de todos, de suas namoradas, esposas, amigas das amigas. Formavam um grupo animado, heterogêneo. Sempre tinha alguém que levava alguém para apresentar a João Carlos, que andava meio desanimado, dizendo que não dava sorte com as namoradas. Apaixonava-se, ia tudo bem, até ele dizer que quando se casassem teriam que morar na fazenda... O amor delas acabava na hora. Todos caíam na risada. Ele gostava e floreava as histórias ainda mais. Além de simpático e agradável, João Carlos tinha se tornado um adulto muito bonito. Não havia ninguém que não gostasse dele, inclusive Clara. Os dois sentiram uma grande empatia um pelo outro desde o primeiro momento. Talvez reforçada pelos muitos elogios que Inácio tinha feito ao amigo ou pelo companheirismo dele nos tempos de internato.

Certo dia Amélia não estava se sentindo muito bem, e Clara resolveu ir sozinha a Vale Fundo. Quando Inácio descobriu, azedou. Ficou esperando no quarto.

Clara chegou toda feliz e foi correndo saber como Amélia estava e mostrar as novidades. Amélia a preveniu:

— Inácio está no quarto, num humor péssimo.

— Por quê? Aconteceu alguma coisa?

— Foi desde a hora que descobriu que você tinha ido sozinha a Vale Fundo.

— Como? Qual é o problema?

Foi procurá-lo.

— Oi, meu amor! Trouxe um disco ótimo para você. É lançamento, este pianista está fazendo o maior sucesso no mundo todo.

Inácio olhou o disco e o jogou para o lado, em cima da cama. Silêncio. Cara fechada.

— Não gostou?

— Você só comprou esse disco porque o pianista é bonitinho.

— E que diferença faz se ele é feio ou bonito? O que importa é que a música dele é muito boa. E ele tem alguma coisa que lembra João Carlos, não acha?

Aí o tempo fechou de vez para Inácio. Não quis jantar naquela noite.

Clara confidenciou à sogra o ocorrido, ambas horrorizadas com a reação dele.

— Não entendi, D. Amélia. Vou esperar passar. É o jeito.

Fechou-se em seu estúdio na quinta e na sexta-feira e terminou a coleção completa em que estava trabalhando, incluindo sapatos e adornos. Só Amélia entrava lá.

À noite estendia-se ao lado de Inácio, mantendo distância. A alma, ela deixava lá fora, para não a contaminar com a energia ruim que sentia emanar dele naqueles dias.

Sábado de manhã ele acordou melhor, e decidiram ir para Vale Fundo. Partiram com o carro carregado de frutas, doces, pães, queijo, manteiga, suficientes para um batalhão, como sempre providenciava Quitéria.

Saíram para almoçar sozinhos. Clara começou a notar que Inácio passou a seguir o olhar dela. Se ela olhasse para um lado, ele olhava também, calado. Deixou para lá. Depois do almoço, foram para casa descansar para a noitada que os esperava com os amigos. Às seis da tarde João Carlos já estava lá no apartamento com eles.

Até então estava tudo bem entre os três. Mas o comentário de Clara em relação ao pianista acendeu um alerta em Inácio, sem ele sequer perceber. Começou a ficar atento ao que se passava entre os dois e, infelizmente, a elucubrar situações que só existiam na cabeça dele. Estava instalada a desconfiança.

Clara, alheia a tudo, achando que o comportamento de Inácio era apenas um capricho dele, seguiu com sua vida.

O Tempo, observando aquela cena, suspirou: "Muito cuidado, meus amigos, porque a desconfiança, uma vez instalada, começa a andar com as próprias pernas, por caminhos tortuosos e pouco auspiciosos".

Coleção pronta, Clara anunciou que iria começar por Vale fundo. Ficaria dois dias seguidos lá visitando os ateliês que tinha selecionado. Quando disse a Inácio, ele reagiu imediatamente:

— Mamãe vai com você?

— Não. Vou na terça-feira. Espero sua mãe lá na quinta, como sempre.

— Sozinha você não vai!

— Não estou entendendo, Inácio. — Disse Clara, surpresa. — Por que não posso ir sozinha? Morei quatro anos em Paris sem ninguém da família por perto e agora não posso ficar dois dias ali em Vale Fundo?

— Qual o problema de você levar minha mãe?

— Nenhum, mas vai ser cansativo para ela. Vou trabalhar, e não passear. E ela não vai me acompanhar nas visitas que eu vou fazer. Sou uma profissional. Você perguntou a ela se quer ir?

— Por quê? Vocês já combinaram tudo pelas minhas costas? Se você for sozinha, vamos nos separar.

— Então vamos, sim! Porque eu vou fazer as visitas sozinha.

Terça-feira de manhã Clara, entrou no carro e foi para Vale Fundo.

Inácio passou o dia telefonando para o apartamento, sem resposta. No fim da tarde, Clara atendeu.

— Como foi o dia? Divertiu-se muito?

— Estou morta! Fiz meu trabalho. Agora é aguardar. Vou tomar um banho e cair na cama para me recuperar para amanhã. Não quero nem sair para jantar.

A partir de oito e meia da noite, Inácio começou a ligar para todos os amigos, até mesmo para João Carlos, para certificar-se de que estavam em casa e não com Clara. Jogava uma conversinha e desligava logo.

E assim criou-se um padrão. Clara saía, ele ficava perturbado. Até mesmo se ela pegasse um cavalo para rodar sozinha pela fazenda, ele ficava de olho. Se a visse conversando com alguém, em qualquer lugar, dava um jeito de se aproximar. Começou a implicar com todo e qualquer homem que chegasse perto dela. Se saíam a sós, ele emburrava de repente e depois dizia que ela estava flertando com um cara qualquer ou com o da mesa tal. Se alguém olhasse para ela, era porque ela tinha provocado, tinha se oferecido para ele. Dos amigos, cada vez ele escolhia um para Cristo. Na frente deles, é claro, portava-se como o marido perfeito. Por trás, a história era outra. Aquele olhar inquisitivo, opaco e ao mesmo tempo penetrante, que ele lhe lançava quando a desconfiança o assolava, a feria profundamente. Já sabia exatamente quando a mente dele começava a trabalhar, infelizmente, contra ele próprio.

Se ela estivesse lendo um livro, ele conferia para ver se era adequado, ou se era um livro que iria desvirtuá-la. Se a visse com revistas femininas, dizia que só continham futilidades. Se ela desejasse ver um filme, ele queria saber quem tinha lhe indicado. Se ela gostasse de alguma música romântica, ele começava a implicar com ela. Se a visse arrumada, começava a importuná-la, perguntando com quem ela iria se encontrar vestida daquele jeito. E ainda vistoriava a mala dela antes de cada viagem, sem nem se preocupar se ela notaria o que ele tinha feito.

Teve uma época em que ela chegou a pensar que estava enlouquecendo, pois se pegou achando que fazia mesmo as coisas das quais ele tanto a acusava. E o pior: nesse desespero, de tanto ouvir que estava olhando para algum homem, ela começou a se perguntar o que aconteceria se ficasse cega. Até que um dia se pegou desejando ficar cega.

"Ah, Clara! Inocente!", suspirou o Tempo. "Muito cuidado com o que você deseja, principalmente com aquilo que lhe pode punir. O desejo se torna temor, e o temor lhe adoece. Para o resto de sua vida você se lembrará desse desejo idiota. Qualquer cisco que cair em seus olhos vai lhe apavorar. Não vê que se você ficar cega, minha amiga, ele irá implicar com suas mãos, com o seu tato? O problema não está em você, mas sim nele!"

Clara decidiu reagir de novo. Não se deixaria intimidar. Se ele estava com ciúmes dela, que ele desse jeito em sua própria vida, na sua própria fantasia! Mas no fundo aquilo a incomodava muito.

Há coisa pior do que ser acusada de um crime que você não cometeu?

Há coisa pior do que duvidarem de você quando você diz a verdade?

Há coisa pior do que ser vigiada o tempo todo?

Há coisa pior do que você se sentir suspeita, culpada?

Conhecia o dito popular que diz que "ladrão que disso usa, disso cuida". Sempre se perguntava o que ele andava fazendo ou escondendo, ou o que tinha vontade de fazer, para que a julgasse por seu próprio comportamento ou desejo.

Quando estavam no apartamento na cidade, às vezes ele costumava se trancar em algum cômodo. Quando ela batia, ouvia um barulho de gaveta fechando apressadamente. Algumas vezes, na correria, deixava as alças do binóculo para o lado de fora. Ela fazia que não se importava. Era melhor. Pensava que, se ele queria bisbilhotar a vida dos outros, o problema era dele. Mas no fundo duvidava daquele descuido do marido. Seria intencional? Estaria ele querendo testá-la? Provocar ciúmes? Decidiu não entrar nesse joguinho.

Eis a verdade não percebida: aquela situação causava nela uma inquietude não demonstrada. Passou a se sentir culpada, sem saber de quê. A se explicar a cada dúvida dele. A justificar tudo o que fazia. A dar satisfação demais. De nada adiantou.

Experimentou de tudo. Não dar ouvidos às asneiras dele era pior. Responder à altura era pior. Chorar só o fazia ter mais raiva, chamando-a de vítima. Para evitar confusão, passou a omitir pequenas coisas, como ter encontrado casualmente um dos amigos em Vale Fundo. Ele descobria, e a coisa piorava. E dizia que, se ela tinha escondido, era porque tinha culpa na consciência. Então começou a contar tudo, rasgado. Era pior. Ele virava tudo contra ela, fazendo-a lembrar da famosa frase que ouvia nos filmes policiais: "Você tem o direito de ficar calada. Tudo o que disser poderá e será usado contra você num tribunal!". E o promotor, nesse caso, era o próprio marido.

Foi ficando cada dia mais calada, mais triste por dentro, guardando tudo para si, embora continuasse sociável por fora, tocando a vida sem saber até quando aguentaria. Até para Amélia tinha vergonha de contar algumas situações que passava. Afinal, era a mãe dele.

Sempre se lembrava do conselho de sua mãe, Helena, de que deveriam se conhecer melhor antes de se casarem. Agora não tinha mais volta.

Porém aquele sofrimento não passaria incólume por ela. Seus dilemas a acompanhavam. Separar-se de Inácio e descumprir a promessa "até que a morte os separe" que fizera no altar? A promessa de ficar com ele "na saúde e na doença", quando o comportamento dele era doentio? Ser uma mulher divorciada e lidar com o preconceito da sociedade, que sabia ser tão grande? Ter ou não ter um filho de um casamento com um homem que não confiava nela?

Seu corpo começou a adoecer. Passou a viver em rejeição. Desenvolveu uma alergia que nunca tinha se manifestado. Não respirava bem, o nariz entupia de repente. Sentia-se asfixiada. Seria a fazenda? Algum mofo? Poeira? Eram as perguntas mais comuns dos médicos, que lhe passavam alguns paliativos, que pouco resolviam.

Depois desenvolveu uma doença autoimune que a acompanharia por anos a fio em sua vida. Pesquisaram tudo o que estava ao alcance da medicina na época para descobrir a causa. Foram anos de sofrimento até conseguir superá-la. Mesmo depois da cura, não conseguia mencionar o que tinha passado sem sentir um medo enorme de que o mal voltasse. Como se ele, ou a dor que o causara, estivesse sempre a espreitando, ansioso por uma oportunidade.

E assim foi seguindo. Conseguiu um contrato com um ateliê em Vale Fundo. Depois de um tempo percebeu que não era bem o que ela sonhara. Resolveu explorar Morro Alto, sob todos os protestos de Inácio e o apoio incondicional de Amélia, que via na nora o que ela poderia ter sido um dia. Daria sempre força a ela, para a contrariedade de Inácio.

O Tempo apenas acompanhava aquela história, preocupado, impotente.

38

Inácio andava se estranhando. "Quem sou eu?", perguntava ele. Quando se olhava no espelho, não reconhecia mais aquela imagem de si mesmo, que só existia em sua imaginação. Não na sua aparência, mas na sua alma, no olhar confiante que pensava que tinha. Sua imagem só refletia o medo que o dominava. Temia tudo!

Tinha uma fazenda sob sua responsabilidade, mas não tinha coragem de tomar as decisões que precisava. A última negociação de gado que fizera havia sido um fiasco. Será que seu pai tinha razão em preparar Bento para "cuidar" dele? Não! Tinha mais medo disto do que de errar no que fazia. Se errasse, era só dinheiro que perderia. "Imagina eu me consultando com um empregadinho sem eira nem beira! É questão de tempo, vou pegar o jeito", pensava.

Com Clara era diferente. Na imaginação de Inácio, tudo para ela era fácil. Ela queria fazer uma coisa, ia lá e fazia. Sabia pôr a cabeça no lugar quando precisava, enquanto ele perdia o rumo com a maior facilidade. O que ele sentia por ela? Amor, medo de perdê-la, ciúme, inveja? Sim, tinha inveja da desenvoltura dela. Ela se ambientava facilmente em todos os lugares, sabia cultivar as amizades, sabia ter eloquência ao falar sem ser pedante. Conseguia o que queria. Era inteligente, e não tinha nascido com a droga do problema que ele tinha. "Burro! Não consegue nem ler quando precisa!", vivia repetindo para si mesmo. E ela era sempre o centro das atenções. Onde estivessem, tinha sempre alguém de olho nela, cobiçando-a. Então era ciúme. Tinha medo de perdê-la também. Ela era um troféu para ele. Vivia pensando o que os outros diziam dele com ela a seu lado. Competente? Sortudo? Odiava a praga do dito popular "um homem só é inseguro com sua mulher quando acha que ela merece coisa melhor". Contorcia-se todo quando ouvia isso.

E, para completar, ela, a própria esposa, já conseguira roubar sua mãe. Tinha certeza de que, se houvesse um embate entre os dois, a mãe a protegeria. Aliás, como ela costumava fazer com Bento, considerando-o "o pobre coitado órfão". Sempre desconfiara que ela gostava mais de Bento do que dele. "O que eu fiz de errado? Será que foi ficar tanto tempo na França?"

Não conseguia se organizar para fazer nada. Perdia tudo, não sabia onde largava os documentos e nunca os achava quando precisava. O que acabava aumentando sua insegurança. E aquela sensação inexplicável de perda aprofundava-se cada vez mais em seu peito, transformando-se em atos de desconfiança que impetuosamente jogava contra todos. Se visse seus amigos rindo em grupo, achava que estavam rindo dele. Se sua mãe estivesse conversando com alguém e por acaso olhasse para ele naquele momento, ele logo deduzia que ela estava falando mal dele. E assim seguia semeando espinhos em seu caminho para depois pisar neles.

Tinha sempre um olhar indagador, de quem investiga tudo e todos, querendo comprovar suas teorias autodestrutivas, atraindo para si a desgraça que comprovaria sua desconfiança.

A insegurança dominava sua mente e, portanto, seu corpo. Sentia as pernas bambearem, um frio constante na barriga, um medo insuportável.

As noites de insônia começaram a persegui-lo. Os pensamentos vinham à sua cabeça e se transformavam em verdades. Brigavam dentro dele a necessidade de aprovação e o medo de falhar. Ele era o retrato de uma farsa, claro. Martirizava-se pensando no dia em que Clara descobrisse que ele nunca havia pisado em uma universidade. E que não sabia nem ler direito. Todos os dias quando acordava dizia para si mesmo: "de hoje não passa". Mas passava, porque lhe faltava coragem de se revelar para Clara. Chegava a sonhar com a cena. Antes, temia o pai. Perdeu o pai e passou a temer Clara. O pior era que alguma coisa dentro dele gostava da sensação de medo que aquele jogo lhe causava. Mas, ao mesmo tempo, queria poder voltar e redesenhar o seu passado, que nada daquilo tivesse acontecido em sua vida. E assim seguia à deriva enquanto sua vida passava.

O Tempo observava-o com tristeza, meditando: "É nisso que dá escolher um caminho querendo outro. Certas decisões na vida requerem muito amadurecimento, meu amigo, senão o custo a pagar pode ser muito mais alto do que se imagina".

Um dia Clara resolveu conversar com ele sobre sua dislexia, que Amélia lhe tinha confidenciado. Ele se transtornou imediatamente, num acesso de raiva surpreendente, argumentando que até a mãe estava contra ele. Condenou o comportamento delas, as duas intrigueiras, injustas, e não o erro dele de ter escondido isso da esposa por tanto tempo. Saiu, batendo a porta e dizendo que não falaria mais no assunto. Foi procurar a mãe, com o sangue fervendo nas veias.

— O que mais você contou à Clara além da minha dislexia, hein? Aposto que aproveitou para dizer também que eu nunca pisei numa universidade na vida!

Clara, que havia ido atrás dele, temendo o que ele faria com a sogra no estado em que estava, chegou a tempo de ouvir sua última frase. Atordoada, perguntou:

— O que você disse, Inácio? Como assim "nunca pisou numa universidade"? E Paris? E o curso de Direito que você estava fazendo lá?

Inácio, lívido de raiva e medo, saiu gritando:

— Pode contar o resto da intriga, mamãe!

As duas choraram abraçadas, Amélia pedindo desculpas por não ter contado, embora tivesse aconselhado o filho a fazê-lo muitas vezes. Clara, chocada com a mentira que ela mesma, sem saber, contara com orgulho a muita gente.

— O que mais eu não sei, D. Amélia?

— Que eu saiba, é só isso, Clara.

— Vou precisar de um tempo para me recuperar. Nunca imaginei que Inácio escondesse assuntos sérios assim de mim.

E mais uma vez lembrou-se dos conselhos de sua mãe antes de se casar. Como ela estava certa. Não conhecia o marido.

Inácio pegou o carro e saiu. Foi para Vale Fundo e não voltou por dois dias. Não atendia ao telefone. Ligou para João Carlos pedindo que ele fosse até lá conversar com ele. João Carlos encontrou-o completamente bêbado. Com paciência, foi tirando a verdade dele, aconselhando-o e dizendo que ele tinha que voltar e enfrentar a realidade. Desculpar-se com Clara e com a mãe. O errado naquela situação toda era somente ele.

Assim ele fez. Precisaram de alguns dias para tudo voltar ao normal. E Inácio tinha aprendido a fazer as pazes com Clara. Era só pegar o violão e começar a cantar. Ela não resistia, juntava-se a ele e começavam a relembrar as músicas dos bons tempos de Paris. No fundo, também estava ansiosa para que ficasse tudo bem. Detestava brigar.

Porém a insegurança de Inácio não parava por aí. Mesmo casado, continuava questionando sua própria orientação sexual. Sentia-se sempre em pecado, uma culpa imensa pelas aventuras com homens que tivera em Paris. As pregações que ouvira no internato lhe voltavam à mente. O olho de Deus — aquele olho desenhado dentro de um triângulo nos livros de catecismo — seguindo-o, torturando-o sempre. Vivia se perguntando: “Se não sou filho de Deus, de quem sou filho? Do diabo? Por que isso acontece comigo? Quem, em sã consciência, escolheria esse sofrimento que eu amargo dentro de mim?”. E o pior era o medo que ele tinha de que Clara descobrisse essas suas aventuras também. Tentava apagar tudo de sua mente, negar o que fizera, negar o que era, mas não conseguia. Seguia carregando esse peso em suas costas, um peso que não lhe pertencia, mas que não sabia como jogar fora. Nunca conseguiria fazer a ruptura com sua vida atual em prol de um futuro melhor, mais verdadeiro para ele. Vivia mais essa mentira, que muitas vezes fazia aflorar pensamentos sombrios sobre sua própria vida e sobre a razão de continuar vivendo-a.

E assim se passaram dois anos. Ele, cada dia mais nervoso, mais insatisfeito, mais mal-humorado e mais inseguro quanto à sua hombridade, quanto ao futuro de sua vida com Clara, fazendo da existência deles um inferno diário. Seu eu verdadeiro não encontrava uma forma de se expor. E assim, em sua imaginação, trocava tudo o que era real, objetivo ou concreto, pelo irreal, tortuoso ou abstrato, escolhendo o sofrimento, trabalhando contra si mesmo, como que para se punir ou comprovar o que ele mesmo achava de si: um pobre coitado, azarado e injustiçado.

Vivia à beira do abismo, com vontade de pular, mas sempre hesitava. Sentia falta de alguma coisa, mesmo sem saber de quê. Começava então a desejar o que não podia ter. Suprir esse vazio com coisas que não podem ser compradas com dinheiro, mas sim com coragem. E coragem não era seu forte.

A cada vez que Clara viajava, quer fosse para trabalhar, quer fosse para resolver os problemas que seu pai lhes deixara, a partilha da herança, a falta de cabeça dos irmãos, o andamento dos negócios, Inácio entrava em desespero. Quando se tratava da herança dela, ele tinha justificativa para ir junto. Mas quando era trabalho, ele seria um intruso, um indesejado.

Certa vez insistiu em ir com ela. Acompanhava-a todos os dias até o atelier e ficava esperando do lado de fora, ou numa sala de espera, observando tudo e principalmente todos, tentando adivinhar quem seria o "escolhido" dela. Depois a enchia de perguntas, insinuando julgamentos distorcidos, tanto sobre os homens, como também sobre as mulheres, que ele dizia terem jeito de sem-vergonhas. Eram más companhias para ela.

Clara ficou chocada com o comportamento dele. Quando voltou comentou com Amélia:

— A expressão dele se parecia com a de uma criança. Lembrei-me de mim, das vezes que meu pai me levava até o escritório, quando eu ainda era pequena.

Se ela, contando um caso qualquer de sua vida profissional, mencionasse o nome de alguém que para ele era desconhecido, na mesma hora ele revidava:

— Quem é esse cara que você nunca falou dele?

E começava a confusão. Ela foi se calando cada vez mais, não porque desejasse esconder alguma coisa, mas para evitar algum embate desnecessário.

Até aquele momento Inácio sempre adiava a hora de ter um filho. Em seu íntimo, temia que ele nascesse com dislexia, como ele próprio. Mas depois de dois anos começou a ponderar que um filho, com certeza, prenderia Clara em casa, a seu lado. Perguntou a ela, de surpresa:

— Não acha que está na hora de encomendarmos um herdeiro?

— Ou uma herdeira, não é? — Respondeu ela.

Clara não reconhecia mais nele o Inácio de antes. Mas não tinha coragem de se separar dele. Vivia esse dilema. Tentando se iludir, pensou que, se ela virasse mãe, ele se sentiria mais seguro e os seus problemas acabariam.

Inácio passou a gravidez dela toda batendo na mesma tecla:

— Clara, você está grávida! Como vai viajar assim? É um perigo!

— Não vai acontecer nada comigo. Você vai ver que eu vou e volto inteira.

Bem, durante a gravidez, a estratégia dele parecia não estar dando certo. Nem a dela, que se pegava pensando "como é que ele pode ter ciúme de mim assim deformada, horrorosa, com essa barriga enorme?".

Inácio passou os nove meses corroído pelo medo de que o filho que Clara estava esperando não fosse dele. E se ela já estivesse grávida de alguma aventura nessas viagens sozinha? Por que ela, que sempre adiava a hora de ter um filho, concordou assim tão facilmente? Clara nem sequer imaginava que tamanha aberração passasse pela cabeça do marido.

O Tempo, observando os dois com calma, exclamou: "Ah, como as pessoas são inescrutáveis! Quantas vezes sequer suspeitamos o que guardam em seus corações, o que remoem em seus pensamentos, que lhes provocam, mesmo que despercebidamente, ações e reações que nem eles mesmos sabem de onde vêm. Cuidado, Inácio, com esse ódio contido que você guarda aí dentro, que nem sequer sabe que tem. Um dia ele há de explodir".

Bem, pelo menos para Amélia esse tempo foi de muita alegria, ansiosa pela chegada do primeiro neto. Quitéria também, já se imaginando bisavó do filho de Inácio.

Inácio queria que o filho se chamasse Leôncio, para seguir a tradição de sua família. Quando Quitéria ouviu a conversa lá da cozinha, entrou na sala, deu um muxoxo e disse:

— Só falta agora Inácio dizer que é o santo da devoção dele, como fez o Coronel quando Inácio nasceu, querendo engabelar D. Amélia.

Caíram todos na gargalhada, e Inácio completou:

— Está bem. Mas se for menina eu escolho o nome. E você, Quitéria, tem ouvidos aguçados, não é? E não deixa passar nada!

As gargalhadas encheram a sala novamente.

Nesse momento Ritinha entrou na sala e, como havia cuidado de Inácio e Bento na infância, completou:

— E a babá dele ou dela serei eu, que tanto cuidei do pai quando criança.

Todos aplaudiram. Amélia completou:

— A avó aprova. E você, Clara?

— Eu também!

— E eu, mais ainda, Ritinha! — Completou Inácio.

— E eu vou começar a preparar sua substituta, Ritinha. Você vai fazer falta na minha cozinha. — Acrescentou Quitéria.

Nasceu Gabriel, nome escolhido por Clara, o nome do Anjo da Anunciação.

Helena, mãe de Clara, veio passar o primeiro mês do neto na fazenda, cheia de presentes dos familiares e amigos. Ela e Amélia disputando o tempo todo com quem Gabriel se parecia mais, assim como todas as oportunidades de pegarem o netinho no colo. Na verdade Gabriel era a cara de Inácio. "Cara de um, focinho do outro", como todos que iam visitá-lo diziam. Foram bons tempos.

Batizaram Gabriel num domingo, na capelinha da fazenda, sendo os padrinhos Amélia e João Carlos. A avó Helena foi madrinha de consagração, para abrandar o ciúme dela. Depois comemoraram com um farto churrasco.

Por seis meses Clara decidiu que não viajaria para não atrapalhar a amamentação do filho. Continuou fazendo o trabalho de longe, enviando os desenhos pelo correio e discutindo os detalhes por telefone. Não era o ideal, a presença dela estava fazendo falta, principalmente durante a primeira feitura dos modelos em tecido, mas conseguiu superar esse período. O leite começou a escassear, e a transição da alimentação de Gabriel, do leite materno para a mamadeira, se deu com tranquilidade. Era um menino forte, bonito e risonho, muito parecido com o pai, embora a cor da pele e a simpatia fossem da mãe. Era hora de retomar a rotina.

Inácio adorava Gabriel, pegava-o no colo sempre que podia, ainda que meio desajeitado. Estava feliz, fotografando e filmando tudo, de caretas a sorrisos. À medida que Gabriel crescia, apegava-se cada vez mais à Clara e à Amélia, preferindo-as ao pai. Quando ia para o colo dele, logo se cansava e começava a resmungar e estirar os bracinhos para elas, para Quitéria ou Ritinha. Com isto, Inácio começou a se distanciar do grupo, amando-o de longe. Enganava-se pensando que quando ele fosse mais velho ele iria gostar das aventuras e brincadeiras de homem que ele gostava quando criança. No fundo alguma coisa dentro dele não o deixava se entregar totalmente para o filho. Talvez por Gabriel ser um menino. Sempre torceu em silêncio para ter uma menina, mas mais uma vez suas preces não foram atendidas. Então se enganava pensando que a próxima criança seria uma menina, e que seria louca por ele, com certeza. E ele por ela.

Continuaram a vida. As idas a Vale Fundo para encontrar os amigos se escassearam, embora Amélia sempre se oferecesse para ficar com o neto. As visitas de João Carlos se tornaram mais frequentes nos finais de semana, sob o pretexto de ver o afilhado, estreitando ainda mais a amizade dos três. De vez em quando ele aparecia com uma namorada, mas não durava muito. Começaram a chamá-lo de "solteirão inveterado", embora tivesse apenas vinte e oito anos. Diziam que ele tinha se casado com as flores exóticas dele. Ele respondia que ainda tinha muito tempo pela frente. Qualquer hora, acharia a pessoa certa.

39

Definitivamente Inácio não tinha vocação nem interesse para cuidar de uma fazenda, mas não dava o braço a torcer.

Andava implicando tanto com Bento que resolveu abordar a mãe:

— Não vejo por que Bento recebe salário de capataz, mamãe. Já temos capatazes demais na fazenda. Vou dar um cargo mais baixo a ele.

Amélia indignou-se ao ouvi-lo:

— Nem pense em fazer isso! Você faz em um dia, eu desfaço no outro. Entenda de uma vez por todas que eu tenho duas promessas a cumprir: uma que eu fiz a Deus quando Bento ficou órfão e outra que eu fiz a seu pai antes dele morrer. Se Bento não serve para a fazenda, eu o contrato como meu assistente com o mesmo salário que ele tem hoje. O que você acha disto?

Inácio calou-se, remoendo o que sua mãe tinha lhe dito. Não tinha voz ativa com ela e sempre perdia a briga quando se tratava de Clara e de Bento. Saiu aborrecido.

Logo que Inácio assumiu a fazenda, Amélia foi procurar o irmão mais novo, Arthur, que cuidava da fazenda da família dela, em nome dos quatro herdeiros. Arthur era experiente e poderia ajudá-los. Talvez ele fosse a presença paterna que Inácio tanto precisava. Ouviu a seguinte resposta de Arthur:

— Amélia, eu já estou velho, todos os meus filhos preferiram ocupações fora daqui. Estou cansado. Toco esta fazenda por nós quatro. Mesmo que eu tenha ficado com uma parte maior do que vocês, como compensação do meu trabalho, isto aqui já me dá preocupações demais.

— Eu sei, Arthur. Só estou lhe pedindo um apoio para Inácio, que está metendo os pés pelas mãos a cada dia. Leôncio preparou Bento, mas ele não aceita os conselhos dele. Não quer nem que ele se aproxime. Eu tenho feito o que posso, mas não tenho experiência no trato das coisas mais sérias.

— Diga a Inácio para ele engolir o orgulho e o preconceito dele. E não se preocupe, minha irmã, vocês têm tanta terra que, se Inácio vender a metade, ainda terá dinheiro para três gerações. Com o crescimento de Vale Fundo, essas terras estão sendo cobiçadas também para loteamentos semiurbanos, para casas de campo. Ele pode fazer a besteira que quiser que não faltará dinheiro para ele. E ainda herdará a sua parte nesta fazenda aqui também.

— Não se trata de dinheiro, Arthur. Trata-se de presença. De um ser humano cada dia mais desnorteado. Inácio está em sofrimento, eu sinto isso.

— Amélia, quando precisar venha aqui. Posso lhe dizer o que penso de uma ou outra situação. Não me custa nada.

E com isso acabou-se o assunto. Amélia entendeu bem o recado do irmão e voltou para casa desiludida. Nunca teria imaginado que seu irmão predileto agiria assim com ela. Chamou Bento e disse a ele que no dia seguinte iriam à Fazenda da Colina, conversar com Nonato, o filho adotado do Coronel Aurélio. Seu irmão tinha negado ajuda.

Desde a morte do Coronel Leôncio, Bento passou a ser os olhos e os ouvidos dele na fazenda. Qualquer irregularidade ou descuido que percebia, conversava com Amélia. Ela tomava a frente e ia tentar resolver como podia, mas não estava preparada para esta tarefa. Leôncio sempre tinha poupado a esposa dos problemas da fazenda.

Aquela situação incomodava muito a Bento. Tinha feito uma promessa ao Coronel, mas não estava conseguindo cumpri-la. E a antipatia que vinha sentindo de Inácio só crescia.

Foram até a Fazenda da Colina conversar com Nonato. Era uma propriedade muito menor do que a Fazenda Almeida Bastos, mas era o único fazendeiro com quem podia contar, inclusive com a discrição que o assunto exigia.

Foram muito bem recebidos por Francisca e Nonato, como sempre. Com a morte de D. Clementina, Francisca tocava a casa da fazenda e a escola com a sabedoria que os anos de convivência com a sogra tinham lhe ajudado a adquirir.

Amélia explicou a situação que estavam passando, e Nonato se dispôs a ajudá-los.

— D. Amélia, pode sempre contar comigo. Quando tiver alguma dúvida, quiser discutir algum assunto, me telefone ou venha aqui com Bento. Se precisar dou um pulo lá para ver o que está acontecendo. Só temo que o preconceito de Inácio me afaste também.

— Ele não pode nem imaginar o que estamos fazendo. É uma pessoa boa, Nonato, só está meio perdido. Muito obrigada, mesmo. Vamos nos apoiar uns aos outros. E tenha a minha palavra de que qualquer coisa que vocês precisarem, de qualquer natureza, eu estarei pronta para ajudá-los também.

Voltando para a fazenda, aproveitou um sábado que Inácio e Clara tinham ido para Vale Fundo, reuniu os capatazes de todos os setores e o capataz geral e anunciou que, daquele dia em diante, o que Bento ordenasse, teria que ser obedecido. E quem fosse fazer intriga com Inácio seria demitido por ela. E se o filho questionasse alguma ordem dele, respondessem apenas que era para ele falar com a própria mãe. E completou:

— Eu sei o que eu estou fazendo!

E assim foram contornando o despreparo de Inácio e, mais ainda, a sua total falta de interesse. Se ele desconfiava disso? Se ele sabia disso? Bem, se sabia, havia se acomodado com a situação. Deixou a responsabilidade do que acontecia com os outros e continuou sua vida de faz de conta.

Nonato nunca precisou da ajuda de Amélia, ou pelo menos nunca a pediu. Mas nunca negou a dele. E passaram a trocar visitas entre as fazendas, em alguns fins de semana, mesmo que não tivessem nada a discutir. Apenas para estar presente, mostrar que alguém se importa com alguém. Nessas ocasiões Bento sempre aparecia com a esposa e os filhos. Inácio e Clara estavam em Vale Fundo. Amélia passara a ansiar por essas ocasiões, que enchiam a vida dela. Três gerações convivendo com alegria.

40

Os ciúmes de Inácio só pioravam. Chegou ao ponto de um dia estarem os três — ele, Clara e João Carlos — no apartamento em Vale Fundo e de repente Inácio chamar Clara, deixando João Carlos sozinho. Empurrou-a para dentro do carro, e saiu dirigindo como um louco pela cidade, aterrorizando-a, gritando com ela, acusando-a de ficar encarando as pernas de João Carlos. E encerrou perguntando aos berros se o que ela queria era o corpo dele. Quando voltaram, João Carlos, perceptivo, já tinha ido embora. Inácio ainda completou:

— Se eu descobrir alguma coisa entre vocês, eu mato os dois. Ele pode ser enterrado onde quiserem. Mas você, eu enterro do lado de fora do cemitério. Nem morta você merece ficar ao lado de meus parentes.

Clara ficou completamente chocada, aos prantos. Depois caiu numa tristeza profunda, sentindo-se como se tivesse sido destroçada à força, arrancando-lhe toda a graça que sentia pela vida.

O Tempo, olhando para ela, pensou: "Ah, Clara! Por que você não faz suas malas e vai embora antes que se machuque mais ainda?".

Poucos dias depois desse incidente, Clara pegou uma gripe fortíssima. Ficou acamada por um bom tempo, perdeu o olfato e o paladar. Começou a se questionar seriamente se não estaria perdendo o gosto pela vida. Pelo menos pela vida ao lado de Inácio. Mais uma vez decidiu reagir, mesmo que a sensação de estar sem ar, como se estivesse submersa sem conseguir chegar à tona, começasse a incomodá-la cada dia mais.

Por essas e outras, a raiva velada de Clara só a tornava mais firme na forma de conduzir a vida, a despeito de todas as tentativas dele de prendê-la em casa, numa redoma. Para os amigos Inácio sempre se orgulhava do sucesso dela. Enchia a boca para alardear os seus feitos. Só João Carlos percebia que aquela não era bem a verdade. Gostava deles e sentia muita pena dos dois.

Clara, cada vez mais atormentada, resolveu se abrir verdadeiramente com João Carlos. Queria saber como tinha sido a vida de Inácio antes dela. Quem sabe encontraria alguma inspiração para agir com ele? João Carlos foi cauteloso em relação a alguns fatos passados, mas não poupou palavras para descrever os dissabores que Inácio passou no internato devido ao seu problema com a leitura e das inúmeras vezes que Inácio chorou na frente dele, se culpando e se sentindo como um burro diante dos demais. E completou que foram tempos muito sofridos para ele.

A conversa com João Carlos ajudou-a a entender melhor o marido. Explicava muita coisa, o motivo da insegurança dele, e dava-lhe forças para perdoá-lo. E daí? O sofrimento que ele causava continuava a machucá-la da mesma forma. Não era feliz. E essa certeza só crescia a cada evento desagradável, a cada desconfiança, a cada desperdício da vida de um e do outro.

Foram levando a vida, arrastando as dores, brigando por qualquer coisa, ferindo um ao outro, afastando-se um do outro. Continuavam a dormir na mesma cama, mas não estavam mais juntos. Havia uma espécie de energia negativa emanando de Inácio. Clara sentia e se entristecia com isto.

Gabriel completou três anos, cada dia mais agarrado à mãe. Quando Clara viajava, Amélia supria sua ausência, com o apoio de sua babá, Ritinha, que sempre fora de sua confiança, e que agora, mais velha, tinha se tornado muito mais cuidadosa. Mas quando estava em casa, todo tempo livre de Clara era para Gabriel. Sentava-se no chão com ele, divertindo-o com seus brinquedos prediletos, paciente, cuidadosa, amorosa.

Inácio, quando tentava brincar com ele, se aborrecia porque o filho não gostava de brincar do que ele queria, ou do que ele gostava, sem sequer entender que ali estava uma criança, sem sequer perceber que o filho era uma pessoa diferente dele, que tinha outras preferências e que não tinha que ser igual a ele. Gabriel se irritava e corria para Amélia, para a mãe ou para Ritinha, quem estivesse mais perto. E isso só aumentava a insegurança dele.

Dores e mais dores

Doer, dói sempre.
Só não dói depois de morto.
Porque a vida toda é um doer.

Raquel de Queiroz

Fim de tarde.

O Tempo, observando Inácio sentado sozinho na varanda, tão perdido em pensamentos, sem sequer perceber sua presença, começou a sussurrar:

— Ah! Como as pessoas erram querendo acertar! Quanto mais Amélia tenta ajudar Inácio, mais ele piora. Ela não tem ideia do que ele traz por dentro. Acha que ele precisa ser repreendido, ou de uns "empurrõezinhos", enquanto tudo o que ele quer é a aprovação dela. Eu sei, Amélia, e a entendo. Como aprovar uma pessoa que sequer se esforça para aprender, para fazer diferente? Que prefere viver nessa constante arrogância?

Suspirou profundamente:

— Ah! Como é complexo o ser humano! Se o que alguém tem para dar, nem sempre é o que o outro gostaria de receber! Se na ânsia de dar, se quer muito mais agradar a si mesmo, ter a sensação de dever cumprido! E na ânsia de receber, só se deseja suprir os próprios vazios! Não seria, então, "dar" e "receber" apenas duas formas de egoísmo, inconscientes, mas igualmente nocivas?

E continuou:

— Ah! Como sou testemunha das inúmeras vezes que você, Inácio, pensou em tirar todas as suas verdades do poço, mas quando procurou em volta não encontrou ninguém para entregá-las! E de quantas vezes você, Clara, tentando entendê-lo, preferiu se perder em pensamentos, querendo voltar à época em que ele era outro, em que só distribuía alegria e divertimento, lhe prometendo um futuro perfeito!

Nesse dia, o Tempo preferiu não conversar com Inácio.

41

Clara, cansada de sua luta, começou a passear pela fazenda para espairecer, a pé ou a cavalo. Precisava arejar a cabeça, se recompor do mal-estar com Inácio. Fez disto uma rotina. Adorava ir à horta, cuidar de uma ou outra planta, distrair-se, fazer alguma coisa diferente, pôr as mãos na terra. E, por que não, conversar com Chitão, o filho de Raimunda, abandonado por ela quando ainda era criança.

Morreu de rir da simplicidade dele ao contar que se chamava Washington, mas que o nome não tinha pegado. Era Chitão ou Chitãozinho para todo mundo. Chorou quando ele lhe contou as histórias de sua mãe.

Começou a imaginar quem seria o pai dele. Chitão era diferente, tinha a pele bem mais clara do que a da tia dele, Francisca. Seu pai era claro, provavelmente, pois ele tinha os olhos cor de folha seca. Tinha uma beleza diferente, era alto, musculoso e, por que não dizer, exótico, atraente.

Começou aos poucos a gostar da profundidade do olhar dele, de suas mãos grandes, ágeis, mas delicadas no trato com as plantas. De suas histórias, da leveza de sua conversa, da sonoridade de sua voz. Achava interessante ele trabalhar ali, de sol a sol, e não sentir nele aquele cheiro forte, comum nos trabalhadores braçais.

No seu íntimo, Chitão começou a fantasiar com Clara, uma princesa de voz mansa, sempre cheirosa. A imaginar o gosto de sua boca rosada, a forma de seu corpo por debaixo da roupa.

Todo dia, separava alguma coisa especial para ela: a fruta mais docinha do pomar, mais madura, ou as flores mais viçosas que encontrasse no dia, para ela pôr num vaso. Suas mãos se tocando nessas entregas, e gostando cada vez mais de se tocar.

Quitéria começou a se incomodar com aquele convívio e a alertar Chitão sobre os perigos que estava correndo. Ele negava tudo. Eram só amigos. Quitéria retrucava que empregado e patrão não tinham amizade, não. Chitão respondia que ela e Amélia eram amigas. Quitéria respondia que não eram homem e mulher. E assim iam noite adentro nesse bate-boca, nesse vai e vem.

Inácio sequer percebeu a amizade dos dois. Chitão era muito novo e "ralé" demais para concorrer com ele. Filho daquela Raimunda maluca que o abandonou, depois de ter roubado os próprios companheiros. Nem pai tinha. Vivia dos favores de Quitéria. Era isso que ele pensava.

Um dia Gabriel acordou um pouco febril. Clara notou, falou com Amélia, deram um chazinho de macela para ele. Devia ser um resfriado ou uma gripezinha. Amélia ficou com ele, lendo historinhas enquanto esperava a febre baixar.

Era sábado. O clima estava pesado na Casa Grande, não quiseram sequer ir para Vale Fundo passar o fim de semana.

Clara, sentindo-se péssima, carente, inquieta, foi até a horta em busca de alimento para alma. Não encontrou Chitão. Esperou um tempo, andando em volta da horta, impaciente. Nada de Chitão. Decidiu ir até o Defumador. Provavelmente estaria lá preparando as mudas. Parou no meio do caminho, indecisa, ansiosa, o coração batendo mais acelerado do que ela gostaria. Deu um passo para frente; em seguida, outro para trás. Arrodeou a horta novamente. Fez que ia, mas voltou. A cabeça a mil, tentando em vão controlar o corpo. Até que decidiu se dirigir para lá. Encontrou-o. Chitão, assustado com a entrada repentina dela. Clara, assustada com sua própria coragem. Nesse dia, encostados na parede úmida do Defumador, entregaram-se um ao outro com sofreguidão. Sem pensar, nem resistir. Apenas consumando o que há muito os consumia, livrando-os daquele desejo silencioso, encravado dentro deles, recompensando o cansaço da espera.

Após o ato, Clara saiu correndo para casa, completamente desnorteada, atônita, sem acreditar no que tinha feito, a culpa corroendo tudo por dentro. Chitão tinha sido o segundo homem que ela conhecera em toda a sua vida. Logo ela, que tinha se preservado tanto para o primeiro... Atordoada, trancou-se no estúdio. Não queria ver nem falar com ninguém. Não teria coragem de encarar Inácio. Não entendia sua atitude. Teria sido um ato de vingança por tudo o que vinha passando com Inácio?

Pegou lápis e papel e começou a derramar toda a sua angústia na forma de um poema. Amélia bateu na porta. A febre de Gabriel não havia melhorado. Saíram correndo. O chá de macela não tinha sido suficiente, resolveram dar um antifebril, para ver se cederia, e continuar observando-o.

Nesse meio tempo Inácio, estranhando o sumiço da mulher, entrou no estúdio dela e viu o poema. Começou a ler com dificuldade.

UMA VIDA DE VERDADE
Clara de Assis Bastos

O que as pessoas escondem
por trás de uma boa aparência
ou de um sorriso franco?
Um sentimento manco
pouca verdade
uma falsa felicidade.

Inácio congelou, com a mente em revolução. "O que ela esconde de mim? Eu sabia, está me traindo. Mentirosa! Falsa! Mas eu vou descobrir." Naquele momento, não só as letras se embaralhavam em sua mente, mas também a realidade.

Se quando acuadas
prontamente respondem
com crueldade
revelam seus traumas
sua maldade
descontam seus medos
em quem não os merece.

"Então eu é que sou o errado? O monstro da história? O medroso? Covarde é ela, que não consegue tomar uma atitude! Por que não me larga de uma vez por todas? Só vive ameaçando?" E continuou a ler com os olhos vidrados.

Quanto sofrer há nesse esconderijo...
Tão pouco regozijo
em tantas vidas frias
que se deixam levar
por um carma ou destino
ou pela inércia cruel
que não as deixa mudar.

"Ah", gemeu ele, "agora, além de me esconder as coisas, é a sofredora também, não é? E ainda por cima quer mudar. Mudar o quê? Ganhar o mundo? Ser uma divorciada? Ela quer é aproveitar a vida, cada dia com um homem diferente! Vagabunda!"

O que as pessoas escondem
de seus amantes?
Seu eu verdadeiro
seu desejo primeiro
suas histórias errantes.
Quero ter...

"Eu sou um idiota mesmo! E ela confessa que esconde as coisas de mim! E ainda fala em amante! Eu vou descobrir. Ah, se vou! E está cheia de desejos! Histórias errantes? Só rindo! Descarada! E o que ela quer ter, então? Não teve coragem de escrever? Covarde! Agora é ré confessa! Isso que dá ficar lendo demais, metida a intelectual!"

O que Clara queria ter, e que não deu tempo de completar na última linha, era apenas

"uma vida de verdade".

Inácio saiu do estúdio cuspindo fogo e foi atrás de Clara. Encontrou-a com sua mãe no quarto de Gabriel. Entrou no maior rompante.

— Inácio, Gabriel está com... — Viu o poema na mão dele e congelou, adivinhando o que a mente doentia dele estava pensando. Conhecia bem o marido que tinha.

— O que significa isso, Clara? — Perguntou, gritando.

— Nada. É só um poema que estou esc...

Agarrou-a pelo braço, puxando-a para o quarto deles. Amélia correu atrás.

— Mamãe, não se meta nisso, ouviu? Eu vou resolver tudo com essa dissimulada!

Bateu a porta. De fora se ouviam os gritos, só os dele. De Clara, apenas os soluços. Calavam-se. Depois recomeçava tudo. Após meia hora Inácio deixou o quarto ainda bufando de raiva. Subiu num cavalo e saiu em disparada pela fazenda.

Clara trancou a porta do quarto, entrou na banheira e ficou se refazendo para ter coragem de se sentar para almoçar.

Amélia ficou observando Gabriel até que o antitérmico fizesse efeito. Por fim, ele parecia estar melhor. Tomou meia mamadeira e adormeceu novamente.

Inácio voltou tarde para o almoço, na esperança de que elas já tivessem se levantado da mesa quando ele chegasse. Foi em vão. Almoçaram os três, cada um mais ansioso do que o outro, sem saber o que ia dar daquela briga. Amélia, triste, quase não conseguiu comer. Clara e

Inácio, sentindo-se vítimas um do outro, trocando chispas. Nem ela nem Inácio lembraram-se de que tinham um filho febril, dormindo no quarto ao lado, inapetente.

Como disse um dia Esopo, "um pedaço de pão comido em paz é melhor do que um banquete com ansiedade".

Amélia se levantou da mesa antes deles e foi para o quarto, sentindo-se mal com seu gesto. Estava tão acostumada a deixar as vontades de lado que sua atitude de se colocar em primeiro lugar, procurando a paz do isolamento, a fez sentir-se uma pessoa má. Não tinha como resolver aquilo, só queria sossego. Não quis a sobremesa, nem o café que ela não dispensava depois do almoço. Quando Quitéria apareceu com um cafezinho no quarto, ela estava dormindo. Ou fingindo. Ou fugindo da situação. Até que se deu conta do neto doente, Gabriel, que tinha deixado sob os cuidados de Ritinha.

Inácio se trancou no escritório.

Clara foi ver o filho. Gabriel ainda estava com febre, dormindo. Deu-lhe um sedativo e deixou-o com a babá, recomendando que observasse se a temperatura dele abaixaria. Sentou-se na sala com um livro na mão, fingindo que lia, perdida em pensamentos, com a cabeça em ebulição e os olhos cheios d'água. O arrependimento de não ter ido embora da primeira vez que Inácio lhe julgou mal e lhe disse palavras duras de desconfiança, consumindo-a por dentro.

Por volta de três horas da tarde João Carlos apareceu lá. Tinha conseguido, depois de muito esforço, desenvolver a rosa negra em sua fazenda. Colheu as primeiras delas e foi levar para os amigos.

Quando Clara o viu chegar, levantou-se, já o cumprimentando de longe. Sua presença era muito bem-vinda naquele dia. Inácio ouviu o rumor e o barulho de um carro e resolveu ver quem estava chegando. Chegou à porta na hora em que João Carlos entregava as rosas negras à Clara, e ela, em agradecimento, começava a abraçá-lo.

Seu sangue ferveu. Partiu para cima de João Carlos aos berros, agora com certeza de que eram dois traidores. Transtornado, juntou todas as forças que tinha e desferiu um murro no rosto de João Carlos, que, pego de surpresa, desequilibrou-se e caiu. Inácio foi para cima dele e continuou a esbofeteá-lo sob os gritos de todos em volta.

Amélia chegou a tempo de ver a cena final. Puxaram Inácio de cima de João Carlos e, em pé, ele continuou a chutar seu corpo, enquanto seus pés ainda o alcançavam. João Carlos, a essa altura, já tinha perdido os sentidos.

De longe Chitão observava a cena, louco para ir amparar Clara, mas teve que se conter.

Clara e Amélia, em desespero, pediram a Bento para colocar João Carlos no carro, e seguiram para o hospital mais próximo da entrada de Vale Fundo. Chegando lá, ligaram para a casa dele e contaram resumidamente o ocorrido. Seus pais disseram que iriam para lá imediatamente. Lembraram-se, então, de Gabriel. Amélia ligou para casa, mas ninguém atendeu ao telefone. Decidiram voltar correndo, Bento desesperado ao volante, com esperança de que Quitéria ou o próprio Inácio tivesse se lembrado do menino.

Que nada, estavam todos em choque. Inácio havia desaparecido. E os demais empregados estavam mais preocupados em fofocar do que qualquer outra coisa.

Correram para o quarto. Gabriel estava ardendo em febre. Quitéria e Ritinha tentavam abaixar sua febre com panos frios. Perceberam então manchas púrpuras por todo o seu corpo. Coube a Bento levar as mulheres de volta a Vale Fundo, desta vez para o hospital infantil. Pegaram álcool e algumas fraldas para ir esfriando a testa da criança no caminho. Gabriel foi vomitando durante todo o trajeto. Chegaram lá tarde da noite. E tarde demais para Gabriel. Foi diagnosticado com meningite meningocócica. Os médicos fizeram o que puderam, mas o socorro havia tardado demais.

Pela manhã, Clara e Amélia, dormitando nas cadeiras do hospital, foram despertadas com a triste notícia de que Gabriel não resistira.

As duas se abraçaram, os soluços tão altos que chamavam a atenção de todos ao redor, cada uma se culpando mais do que a outra por terem se esquecido dele. Não tinham forças para reagir, não acreditavam no que estava acontecendo e não sabiam por onde começar.

Bento, que tinha passado a noite no carro, aproximou-se delas já adivinhando o acontecido, pela desolação que havia tomado conta das duas. Mas era o único em condições de fazer alguma coisa.

Ligou para a fazenda procurando por Inácio. Ninguém tinha notícias dele desde o dia anterior. Pediu para procurarem por ele em toda parte até acharem. Ligou para o apartamento em Vale Fundo, mas ninguém atendeu. Resolveu então ligar para Arthur, irmão de Amélia, para ajudá-los com os preparativos. Assim que Arthur chegou, Bento deixou as duas com ele e partiu para fazenda.

42

Quando Bento chegou à fazenda com a notícia da morte de Gabriel, Quitéria descontrolou-se tanto que ele chegou a temer que ela se sentisse mal. Neuzinha estava ao lado dela, apreensiva com tudo o que estava acontecendo, ciente do cansaço e da pressão que aquela situação, com certeza, estava exercendo sobre Bento, seu marido, e sobre Quitéria. Correu para preparar um chá para ela e o aconselhou:

— Vá procurar Inácio, Bento. Não deixarei sua avó sozinha.

Ninguém o tinha visto desde o dia anterior. Bento dirigiu-se à capelinha e desabou. Pediu a Deus que o iluminasse, pois ele não sabia por onde começar.

Começou a refletir sobre Inácio, no "monstro" em que ele se tornara. "Quanto tempo se passara desde os idos de criança, quando brincavam juntos pela fazenda!" O dia em que se perderam na mata fechada veio à mente de Bento. Lembrou-se de Inácio combinando com ele que ali seria o esconderijo secreto deles. "Para o resto de nossas vidas, quando quisermos nos esconder, viremos para cá". A frase ressoou em sua cabeça.

Saiu correndo, pegou dois cavalos e partiu para lá. Quando chegou, avistou um corpo no chão. Era Inácio, com uma garrafa de uísque vazia ao seu lado, inconsciente, todo encolhido pelo frio da terra úmida, pelo orvalho da madrugada. Estava todo sujo de terra, o vômito escorrendo boca abaixo.

Pegou o antigo amigo e companheiro, acomodou-o no cavalo, prendendo-o bem para não cair. Voltaram devagar, não tinha condições de correr com ele naquele estado.

Quando Quitéria, ansiosa na porta da cozinha, os viu chegar, começou a gritar. Correram todos. Bento pediu para a avó preparar uma banheira com água fria. Levaram Inácio para dentro, tiraram suas roupas e o mergulharam na água.

Quitéria foi preparar um café bem amargo. Bento deu um longo suspiro, tentando recobrar as forças e se desfazer da raiva que estava sentido de Inácio. "É um irresponsável", pensou, tentando se conter. Naquele momento, Inácio nu dentro da banheira, o que mais queria era se vingar por tudo o que ele tinha feito com ele, com Clara, com o filho e com a sua madrinha Amélia nos últimos tempos. Por tanta ingratidão. Estava ali com aquele monte de carne e ossos, vulnerável, em suas mãos. Foi quando bateu os olhos na cicatriz que tinham em comum em suas coxas. O ódio subiu-lhe à cabeça. Suas mãos foram escorregando para a garganta dele. Naquele instante Quitéria entrou no banheiro com o café amargo, tirando Bento do transe em que ele se encontrava, fazendo com que ele voltasse à realidade, antes de cometer uma loucura. Bento, num misto de culpa e arrependimento pelo que tinha pensado em fazer, deixou a compaixão falar mais alto. Começou a "ressuscitar" Inácio. Fizeram o café amargo descer goela abaixo e começaram a banhá-lo em água fria, trocando-a até que ele estivesse limpo. E assim, ele e a avó juntos, limpando seu corpo sujo de lama, vômito e álcool, conseguiram resgatar sua alma, que há quase um dia estava sem vida.

Agora vinha o pior: contar-lhe que o filho estava morto. Mas isso deixaria para a mãe dele. Estaria do lado dela para lhe dar forças quando chegassem ao hospital. Apenas lhe disse que Gabriel havia ido para o hospital na noite anterior e que precisavam dele lá.

Bento foi dirigindo calado até o hospital. Quando lá chegaram, Clara nem se mexeu, fez que não viu o marido. Amélia correu para abraçá-lo.

— Onde está Gabriel, mamãe?

— Oh, meu filho. Não te contaram ainda, não é?

— A senhora está me assustando. O que aconteceu com Gabriel, mamãe?

Amélia, com lágrimas jorrando dos olhos, contou a Inácio o ocorrido.

A notícia o atingiu como uma punhalada profunda. Seu grito rouco de dor ecoou na sala de espera do hospital, fazendo todos os olhares se voltarem para ele.

— O que eu fiz, mamãe? O que eu fiz?

Arthur se aproximou dele e disse:

— Sinto muito por seu filho, Inácio, mas temos muitas providências para tomar.

Com o atestado de óbito em mãos, informou a Inácio que teriam que ir até o cemitério onde a família Almeida Bastos costumava enterrar seus mortos. Inácio, desesperado, chorava como uma criança.

Não poderiam esperar muito, Gabriel havia morrido durante a madrugada passada e, portanto, tinham que enterrá-lo ainda naquele dia.

Clara, em total descontrole, chamou Bento e pediu para que ele a levasse até a fazenda. Chegando lá, correu para o quarto, arrumou como pôde uma mala, apenas com os principais pertences, e pediu a Bento para levá-la ao aeroporto.

— Não é melhor dormir aqui esta noite, Clara? E se não tiver avião para sua terra agora? — Perguntou Bento.

— Prefiro dormir numa cadeira de aeroporto ou ir para o hotel mais próximo. Nunca mais quero ver a cara daquele bandido louco.

Saiu sem se despedir de ninguém. Nem cogitou em participar do enterro do filho amado, que seria sepultado naquele dia, tamanha era a sua dor e o seu desespero.

— Diga a Amélia que eu sinto muito e que vou amá-la para sempre. E dê um abraço especial em sua avó por mim.

Despediu-se de Bento no aeroporto e partiu para sempre.

Do enterro de Gabriel, participaram apenas aqueles que estavam no hospital: Inácio, Amélia e Arthur.

Não era apenas de Inácio que Clara estava fugindo, mas dela própria, da pessoa que tinha se tornado nesses pouco mais de cinco anos. Sentia que sua vida havia se despedaçado, como estilhaços de vidro que jamais se colariam.

O Tempo olhou para Clara e ponderou: "Não se esqueça, minha querida, que a vida de vez em quando nos presenteia com uma semente que, quando floresce, pode fazer milagres".

Bento estava exausto quando chegou à Casa Grande naquela madrugada. Quitéria o estava esperando acordada. Neuzinha tinha ido pôr os filhos na cama. Quitéria insistiu em esperar pelo neto.

Foram juntos para casa. Quando lá chegou, levou sua avó para a cama, beijou os três filhos e, abraçado a Neuzinha, dormiu o sono dos justos, sentindo-se a pessoa mais abençoada deste mundo.

A partir desse dia Chitão ficou novamente sozinho na "horta da vida". Chorou e rezou muito para que Clara voltasse. "Os amantes, como moscas, desaparecem no mau tempo, Chitão", disse-lhe um dia Quitéria ao vê-lo tão triste.

Ironicamente, era dia 22 de maio, dia dedicado a Santa Rita, a Santa das Causas Impossíveis.

Três meses depois apareceu na fazenda um advogado. Queria falar com Dr. Inácio sobre a separação. Veio munido de documentos já assinados por Clara, de argumentos e de uma proposta financeira para o fim do casamento.

Inácio mandou chamar seu advogado, Dr. Felício, e o contador, Celinho. Após avaliarem tudo, assinou e instruiu Celinho a dar encaminhamento ao pagamento.

Mandou Quitéria embalar o que encontrasse de Clara no porão e entregar ao advogado, que esperava impaciente. Não achava que tinha ido lá trabalhar de carregador. Mas Inácio fez questão. Quitéria juntou o que pôde. Na pressa, algumas coisas acabaram ficando para trás. Para ela, naquele momento, o importante era não prolongar o sofrimento de Inácio ainda mais.

O Tempo olhou para Inácio e gemeu: "Ah, Inácio! Inocente! Você acha que esse gesto vai apagar tudo? Vai extirpar de sua memória os anos que viveu com Clara, os bons e os maus momentos, a dor de sua alma e o remorso eterno pela morte de seu filho?".

Clara e Inácio nunca mais se viram. Somente as recordações de um sobre o outro transitavam em suas cabeças, habitando os poços mais profundos de suas memórias: cada um revivendo os momentos bons e os ruins sob sua própria perspectiva, culpando um ao outro. Se um dia viessem a escrever suas histórias, seriam duas narrativas completamente diferentes. Nem uma vez sequer experimentaram se colocar verdadeiramente no lugar do outro. Seguiriam suas vidas, sim, mas não conseguiriam apagar as dores e as mágoas que, como parasitas, habitavam as profundezas de suas almas.

43

Amélia levantou-se no dia seguinte sentindo todo o peso do mundo em suas costas. Custou a sair da cama para tomar o café da manhã. Estranhou quando viu a mesa intacta. Inácio também não havia se levantado. Ao meio-dia ele ainda não tinha aparecido. Amélia foi até seu quarto e o encontrou deitado. Chamou-o e não teve resposta.

Receosa, foi até o outro lado da cama para ver se ele estava bem. Foi quando viu a garrafa de uísque vazia ao lado dele. Estava respirando. Quando sacudido, apenas resmungava.

Pediu a Quitéria que trouxesse um café amargo para ele e um copo d'água. Tinham que levantar um pouco a cabeça dele para fazê-lo engolir alguma coisa. Não conseguiram.

— Bento está na cozinha, D. Amélia. Vou pedir para ele nos ajudar.

— Peça para não servirem o almoço tão cedo, Quitéria. Vamos esperar que Inácio se recupere. Também não estou com fome.

De tempos em tempos iam ao quarto e o obrigavam a tomar uns goles de água. Às duas horas da tarde ele reagiu. Tomou um banho e foi para mesa almoçar. Amélia tentou em vão conversar com ele. Calado sentou-se e calado levantou-se. Foi para o quarto novamente.

Bento aproximou-se da madrinha e lhe entregou a chave do quarto de Inácio. Não queriam que ele se trancasse lá. Às seis horas da tarde Inácio foi para a varanda e ficou observando o pôr do sol por entre as frestas das árvores, com o olhar perdido e o coração tão destroçado que tinha dificuldade até de respirar.

Serviram o jantar. Ele quase não tocou em nada. Sentou-se na sala e abriu outra garrafa de uísque.

Amélia pediu a Bento que a levasse até a capelinha. Ajoelhou-se em frente à imagem de Santa Rita, a Santa das Causas Impossíveis, e começou a rezar, com Bento observando de longe o balbuciar de seus lábios e a dor que seu rosto deixava transparecer.

Quando voltaram, encontraram um chá de camomila quente para acalmar Amélia. Beberam juntos na mesa da cozinha. Quitéria avisou a Bento e a Amélia que iria dormir no porão naquela noite, para estar à disposição caso alguém precisasse. Antes de se deitar, foi estar com Inácio, que estava sozinho na sala:

— Meu menino, você precisa largar essa bebida. Tome esse chazinho para você dormir melhor.

— A bebida me ajuda mais, Quitéria. Obrigado.

Ela passou a mão na cabeça dele carinhosamente e se retirou. Antes de dormir, acendeu uma vela e pediu que o Coronel Leôncio, onde estivesse, zelasse pelo filho dele. Estava muito preocupada com Inácio.

Inácio adotou esse padrão. Bebia uma garrafa de uísque toda noite. Depois dormia até o meio-dia. Almoçava calado e voltava para o quarto. À tarde sentava um pouco na varanda com o olhar perdido, com o rosto inexpressivo. Depois beliscava alguma coisa do jantar e começava a beber de novo.

Amélia estava se acabando por dentro, sem querer deixar transparecer. Não tinha notícias de Clara, nem tinha coragem de ligar para a casa da mãe dela. A vergonha era maior do que a vontade. Não saberia o que falar se Helena atendesse.

Tentava puxar assunto com o filho:

— Está chateado comigo, Inácio?

— Não, mãe. Estou com raiva de mim mesmo, da vida, de Deus.

Era o máximo que ela conseguia arrancar dele.

Depois da primeira semana, quando Amélia pensou que as coisas iam melhorar, pioraram. Inácio não aparecia mais para o almoço. Só dava as caras na hora do jantar, descomposto, sem banho.

Começou a emagrecer, para o desespero da mãe, que passava o dia indo ao quarto dele e tentando fazer com que ele tomasse um chá com bolachas, ou um café doce, ou pelo menos um pouco de água.

Sentiu saudades de Madre Maria. Há muito não conversava com ela. Estava muito idosa, não saía mais do quarto, nem recebia visitas. Da última vez que esteve no convento, a madre sequer a reconheceu. Dormia pensando em Leôncio. Como gostaria que ele estivesse ali com ela. Rezava pedindo a ajuda dele. Seu fardo estava pesado demais.

Depois de quinze dias desse comportamento de Inácio, Amélia teve um acesso de raiva, de revolta ou de desespero. Quebrou todas as garrafas de bebida que tinha em casa. E não eram poucas.

Quando Inácio procurou o que beber depois do jantar, não encontrou nada. Enfureceu-se, ofendendo a mãe, chamando-a de velha, bruxa, vaca e outros nomes mais. Quitéria, ouvindo o barulho lá da cozinha, correu para sala. Inácio a empurrou para o lado, fazendo-a desequilibrar-se e quase cair. Foi para o quarto, arrumou uma valise, entrou no carro e saiu feito um louco pela estrada afora.

Ficaram sem notícias dele por vários dias. Ligavam para o apartamento de Vale Fundo, e ninguém atendia. Depois de uma semana, Amélia pediu a Bento para levá-la até lá. Não podia mais esperar. Tinha medo que o filho fizesse alguma besteira.

Chegando lá encontraram Inácio desacordado no sofá, arrodeado de copos sujos e garrafas vazias. O apartamento mais parecia uma pocilga. Com a ajuda do porteiro — que, se não fosse pelo carro na garagem, não saberia sequer que ele estava em casa — colocaram-no dentro do carro e o levaram para o hospital, na esperança de que algum médico fizesse por ele o que ela não tinha conseguido fazer.

Inácio ficou internado vários dias, sedado, recebendo soro na veia, até se recuperar. Amélia conversava com o médico diariamente. O conselho era interná-lo em uma clínica de recuperação, se ele não parasse com o comportamento autodestrutivo e, principalmente, com a bebida.

Em casa, teria que ser vigiado o tempo todo.

Os primeiros dias foram insuportáveis. Bento dormia no porão com Quitéria. Amélia passou a dormir com Inácio. Foram dias de sono leve, muito cansaço e muita tensão. Quando ele se levantava, ela ia atrás. Ele procurava bebida. Se não achasse, começava a quebrar tudo dentro de casa. Bento corria para socorrer a madrinha. Davam-lhe a medicação receitada pelo doutor, e ele apagava de novo.

Foram dois meses de luta ferrenha até que um dia ele olhou para Amélia e desabou no choro. Abraçaram-se longamente. Prometeu que daquele dia em diante não daria mais trabalho a ela. Parou de procurar bebida. Recuperou o corpo, mas os olhos continuavam a refletir toda a tristeza que carregava por dentro.

Nesse dia, Bento contou a Amélia que tinha ido visitar João Carlos em sua fazenda. Ele havia se recuperado do ataque de Inácio, mas disse que nunca mais queria ouvir falar dele. Estava namorando firme, agora para casar. Tinha mandado lembranças para ela, reforçando que a admirava muito, mas que era melhor não se verem mais. João Carlos havia perguntado por Clara. Bento lhe resumiu o desfecho da história. Ele respondeu que já sabia da morte de Gabriel e que sentia muito pelo afilhado.

Nunca mais aquele grupo de amigos alegres se reuniu novamente com Inácio. Ninguém o visitou, nem prestou condolências pela morte do filho.

Na missa de sétimo dia de Gabriel, na capelinha da fazenda, compareceram somente Amélia, Arthur, Bento com a família, Quitéria,

Nonato, Francisca e os filhos, e alguns poucos empregados. Inácio estava bêbado demais nesse dia também.

Depois da recuperação de Inácio, Amélia e Quitéria passaram a ir ao cemitério todo dia vinte e dois de cada mês. Lavavam o túmulo do neto e do Coronel. Depositavam flores e rezavam por suas almas.

Alguns dias na vida da gente nos roubam um pedaço de nossa vida. Aquele dia fatídico em que Gabriel morreu foi um desses dias para Amélia. E para Inácio também.

44

Depois do ocorrido, Amélia envelheceu a olhos vistos. A cabeça, cada dia mais grisalha; o corpo, cada dia mais curvo; os olhos, cada dia mais distantes, denotando seu estado de abatimento e depressão.

Chegou àquela idade em que não importava mais se o vestido estava velho ou fora de moda, se o sapato já estava deformado pelo joanete, ou se o cachecol não combinava perfeitamente com a roupa, desde que lhe aquecesse o pescoço. Passou a dar valor às coisas por aquilo que elas lhe propiciavam, e não por sua aparência. Não precisava mais da aprovação dos outros. Aprendera que admiração e inveja muitas vezes são irmãs siamesas.

Chegou àquele tempo em que não importava se o seu passatempo predileto tinha ficado incompleto, ou se a linha do remendo não estava no tom exato do tecido. Não tinha mais aquela cobrança de finalizar tudo o que começava, de fazer tudo perfeito, de preencher todos os vazios, de ter a resposta certa para tudo. A vida já havia ensinado que nem tudo tem resposta e que o certo e o errado também têm sua dose de relativismo, própria de cada pessoa. Sentia-se como uma árvore no outono, que havia perdido muitas folhas, para sempre, e já não se importava em recuperá-las.

Chegou àquela idade em que se tem mais a ensinar do que a aprender, embora não se sentisse mais obrigada a fazê-lo.

Chegou finalmente àquela idade em que o conforto da poltrona valia mais do que o tumulto das lojas cheias, do trânsito parado, das buzinas sem motivo. Eram tempos de simplicidade para ela, de quanto menos, mais suportável. Pensava muito e falava pouco. Ficava horas revendo os álbuns de fotografias, às vezes sorrindo, muitas vezes chorando, com saudade dos que já se tinham ido.

Pegava um livro para ler e quando percebia estava perdida em outros pensamentos. Passou a se lembrar mais do passado, quando tudo ainda era bom. "Ah, que saudades de minha infância, quando tudo era leveza", suspirava sozinha. Vivia suspirando. Algumas vezes enchendo o peito, levantando os ombros e botando todo o ar para fora de uma vez, despertando a atenção de quem estivesse por perto. Em outras, bem baixinho, de leve, somente para ela própria.

Gostava de se recordar daquilo que tinha vivido. Não importava mais se as lembranças eram fidedignas, ou se eram fragmentos de sonhos, de coisas que imaginou ter vivido, ter falado, ter sofrido. Se eram dela ou se as tinha ouvido de outras pessoas.

Lembrou-se de um dia, quando criança, em que seu pai estava acamado, não sabia mais por quê. Toda manhã, quando se levantava, a primeira coisa que ela fazia era correr para vê-lo. Um dia ele lhe falou:

— Aposto que você não dormiu bem esta noite, minha filha.

— Como o senhor adivinhou?

— Você dormiu com a camisola pelo avesso. Dá má sorte.

Olhou rapidamente e viu que o pai estava certo. Tinha vestido a camisola de flanela florida, que ela tanto gostava, pelo lado contrário.

Aquela conversa trivial, vinda do pai, a marcou para o resto da vida, talvez agravada pelo fato de ele estar doente ou pelo medo de perdê-lo. Se tivesse vindo de sua mãe não teria dado tanta importância, pois ela era afeita a crendices, dizeres e lendas. Mas seu pai, não. Desse dia em diante, quando percebia que estava com qualquer peça de roupa pelo avesso, corria para ajeitá-la, temendo que alguma coisa ruim acontecesse. Por mais que depois de adulta soubesse que aquilo não fazia sentido, isso a incomodava sempre.

"Ah! Se os pais soubessem como podem ser fortes seus gestos, seu olhar, suas palavras, pensariam dez vezes antes de falar ou agir com os filhos," refletia ela. E continuava: "Ah! Quantas coisas guardamos dentro de nós que, mesmo sem percebermos, acabam por governar nossas vidas, nossos sucessos ou insucessos, nossa autoestima, autocomiseração, nosso olhar para o mundo, para os outros, nossos medos e nossa submissão... Como fatos de nossas vidas, e são muitos esses registros, deformam nossa perspectiva a ponto de só sabermos julgar os outros por nossa própria ótica, por nossos parâmetros!".

E seguia martelando coisas em sua cabeça.

Em outro dia, bastava uma cena como avistar Inácio ao longe, puxando Quitéria de lado e passando as mãos carinhosamente em suas costas, para despertar nela uma avalanche de pensamentos. "Quem é essa Quitéria, que consegue arrancar de meu filho um gesto que nem comigo ele tem? Onde eu errei? Onde ela acertou?"

Começava a repassar na mente a infância de Inácio, tentando entender. Quitéria provavelmente percebia o que a presença de Bento estava causando em Inácio. Vivia dizendo: "Não mime tanto Bento na frente de Inácio, D. Amélia". Ela ignorava. Achava que estava sendo apenas justa com os dois. Será que dava para Quitéria notar que tinha mais afinidade com o neto dela? Se ela notava, Inácio sentia. E o que Quitéria fazia? Se os dois chegassem perto dela, falava primeiro com Inácio, depois com Bento. Se quisesse lhes dar um agrado da cozinha, entregava primeiro a Inácio e depois a Bento. E Amélia achava que ela desdenhava do neto. Provavelmente, longe de Inácio, Bento se sentia muito amado por ela, que se desdobrava por ele.

Lembrou-se de que certa vez abordou Bento:

— Você sempre sentiu que sua avó lhe amava, Bento?

— Muito. Nunca duvidei do amor dela.

— E do meu? Achava que eu amava a Inácio mais do que a você?

— Sempre achei que a senhora amava mais Inácio, mas cuidava mais de mim.

Só nesse dia foi capaz de perceber que, no fundo, ela criticava Quitéria por estar tentando consertar o erro dela própria, Amélia. Enquanto ela tentava a todo custo fazer o oposto: compensar Bento pela desigualdade, evitar que sofresse. "Estava apenas seguindo a minha velha promessa de fazer mais fora do convento do que dentro dele. E, hoje, quem é o sofredor? Como eu errei tentando acertar!", refletia.

E continuava perdida em pensamentos.

"Quem é essa Quitéria, que tem essa percepção tão aguçada, essa sabedoria inata, esse humor inigualável, essa sensatez constante, que a tudo entende num piscar de olhos? Passou a vida na cozinha, nunca estudou, nunca leu. Os que têm fé no espiritismo provavelmente diriam que ela é a reencarnação de algum sábio do passado, ou que já viveu tantas vidas que carrega uma sabedoria infinita, já purificou o espírito. Seus irmãos de crença, de misticismo, diriam que algum orixá a inspira e protege. Os católicos diriam que foram os desígnios de Deus ou talvez sua fé em Jesus. E quem estaria certo? Todos? Ninguém? Não tenho dúvida, Quitéria desbancaria todas essas teorias fantasiosas de superioridade étnica e de elitização, que contribuem, e muito, para criar cada vez mais privilégios para os mesmos."

Em outra ocasião, inconformada com a discriminação e com a desigualdade no mundo, começou a buscar mentalmente algum ponto externo do corpo humano que em todos fosse igual. Algum ponto que, observando-o isoladamente, recortado do corpo a que pertencia, não se saberia sequer intuir sua etnia, ou gênero, ou classe social. Encontrou uma resposta: a pupila do olho. Não tem cor, é transparente, sua aparência é escura para todos. E é justamente a parte de nossos corpos por onde entra a luz. A janela da alma.

Lembrando-se dos tempos de convento, Amélia recordou-se de certa vez em que fora indicada para supervisionar as alunas durante os exames de admissão ao colégio. Uma delas, Dalva, que morava nos arredores do convento, havia machucado gravemente o braço direito, próximo ao ombro, em um acidente, na charrete de seu pai. A menina chegou para prestar o exame com o braço muito inflamado. Sua mãe havia cortado uma das mangas do vestido logo abaixo do ombro, para proteger a filha do incômodo da ferida e facilitar sua escrita, já que a menina era destra.

Logo que a madre superiora a viu com o braço exposto, começou a chamá-la de desleixada e outros adjetivos pejorativos, dizendo que Dalva estava desrespeitando a casa de Deus. Obrigou-a a voltar para casa e se vestir dignamente para fazer o exame. A menina, de onze anos de idade apenas, quando retornou, estava visivelmente sem condições de fazer o exame. Amélia lembrou-se que tinha ficado tão revoltada com a atitude da madre superiora, que decidiu se postar ao lado de Dalva e lhe soprar toda a prova. Dalva foi eternamente grata a ela. Sempre lhe levava algum agrado, geralmente compotas, que ela dividia com as demais postulantes e freiras do convento.

Em uma ocasião qualquer, bastava alguém comentar que um conhecido ou parente estava doente e ela responder que ia rezar por ele ou ela, para que lhe voltasse à mente os tempos de convento em que achava que tinha que rezar por todo o mundo, todos os dias. Lembrou-se de certa época em que ia, junto com alguma freira, rezar pelos doentes em hospitais. Anotava seus nomes para rezar por eles durante a semana. Quando voltava ao hospital, procurava saber deles. Uns tinham morrido, outros se curado. E começava a se questionar de que servia sua oração se muitos morriam. Se outros para quem ela não tinha rezado igualmente haviam morrido ou se curado. E isso a fazia ficar ainda mais meditativa sobre o sentido de tudo.

Em outro dia, lembrava-se de como foram difíceis os anos que lá passou. Sabia que não tinha vocação para ser freira. Muitas vezes abominou sua situação, sendo depois acometida por uma culpa, que lhe imputava um pecado que considerava tão grave, que sequer tinha coragem de confessar. E o guardava para si, como pecadora. Justificou tanto sua saída de lá com o argumento de que "faria mais e melhor fora do convento do que dentro dele", que chegou a duvidar das verdadeiras razões de todos os seus atos de caridade e de sua bondade. Estaria ela se redimindo quando lutava incessantemente para fazer a diferença aos necessitados, mesmo contra a vontade de Leôncio? Não seria essa uma bondade egoísta? Depois ria sozinha de suas próprias construções mentais: o lado egoísta da bondade!

E pensando em egoísmo, lembrava-se do dia da morte de Gabriel. Cada um, inclusive ela própria, preocupando-se mais em fugir daquele conflito, de seu desapontamento, colocando-se no lugar de pobres coitados, a ponto de se esquecer da criança doente. Nunca aceitou ter ido se recolher depois do almoço para fugir daquele clima insuportável que rondava sua casa. Essa dor a estava matando aos poucos.

Depois dessas reflexões Amélia sempre ficava melancólica. Algumas vezes recolhia-se em seu quarto de trabalho, que um dia havia sido o estúdio de Clara, e começava a preparar enxovaizinhos de nenéns para doar como caridade. Os trabalhos manuais a distraíam até a hora da novela, de que tanto gostava.

Outras vezes ia até a capelinha ou à escola, para ver se as professoras estavam conduzindo tudo direito, se tinham alguma dúvida ou necessidade. Apenas pretexto para se desligar um pouco de seus pensamentos. Não lecionava mais. Algumas filhas de capatazes que haviam se formado normalistas foram contratadas. Eram outros tempos.

O Tempo observava Amélia com aquela calma que só ele sabe ter. E lhe sussurrou: "É, Amélia, não seria a vida como uma avenida de uma cidade grande? Cada vez que você passa por ela, descobre uma casa derrubada, uma árvore a menos, uma nova loja, mais um semáforo, mais um prédio. E assim a avenida vai mudando. Até que um dia você se assusta com o que ela virou. E nem sempre gosta do que vê".

45

Depois da imensa tragédia e da perda do filho e da esposa, Inácio caiu numa tristeza profunda, corroído pela própria solidão.

Chamou Quitéria, juntou tudo o que Clara tinha deixado para trás e pediu para pôr no porão, caso ela mandasse buscar. Não queria nada dela ao alcance da vista.

No dia em que o advogado de Clara veio procurá-lo com os papéis do divórcio, pediu à Quitéria para entregar a ele tudo aquilo que havia juntado. Quando Inácio ficou sabendo que algumas coisas ainda haviam ficado para trás, mandou queimar imediatamente o que restou, e ainda fez questão de assistir à cena.

Porém, por mais que tentasse se livrar de tudo que lembrava Clara, não conseguia tirar da memória o que vivera com ela, a morte de seu filho, Gabriel, a perda de seu único e verdadeiro amigo, João Carlos. Perdia-se na ilusão de voltar atrás e mudar tudo o que aconteceu, de poder brincar novamente com Gabriel, com mais leveza, com mais doação. Mas era em vão. Passou a pensar na morte como uma libertação. Às vezes odiava Bento por tê-lo resgatado na manhã que sucedeu à morte de Gabriel. Preferia ter morrido lá, sozinho, no meio das pedras. Não temia mais a morte. Não tinha se encontrado na vida, era um estranho de si mesmo, então também não tinha nada a perder.

Sentia o peito se esvaziando de sentimentos, de desejos, de futuro. Apenas ia se deixando conduzir pelos dias, um após o outro, um de cada vez. Nada o entusiasmava.

Sua alma era como um porão de casa antiga: cheio de tralhas por dentro, enferrujando-se com o tempo. Não tinha coragem de remexê--las. Às vezes até tentava olhar para elas, mas logo desistia. Punha tudo de volta e ficava num jogo sem fim, em que quanto mais pensava em se desfazer delas, mais a elas se apegava, justificando seu infortúnio.

De tanto engolir o choro, passou a chorar em silêncio, só por dentro. Gemendo sem ninguém ouvir, com as lágrimas descendo pela garganta, sem brotar dos olhos.

Rodava a fazenda sem nada ver, cumprindo o ritual. Sequer se empenhava mais em conduzi-la. Apenas deixava a vida correr. Já não se importava se era Bento quem tomava conta de tudo, com apoio de sua mãe e sabe-se lá de quem mais. Não saber doía menos, mas não impedia que a sensação de inutilidade começasse então a se somar ao seu velho sentimento de inadequação a tudo.

Foi se esquecendo de sonhar, não os sonhos do sono. Estes, perturbadores, ainda os tinha em abundância. Mas aquele sonhar acordado que nos leva a realizar coisas que sequer sabemos que podemos fazer um dia. Sem sonhos, entregou-se a uma vida de total esgotamento, de uma infinita lassidão, de corpo e de alma. Agarrou-se ao passado, deixando que ele fosse o condutor de seu presente e de seu futuro.

O tempo passava, o mundo em efervescência. Guerras frias ameaçando a paz na terra, conflitos derramando sangue pelo mundo afora. Não tomava conhecimento. Minorias clamavam por igualdade. Ele, apático a tudo. Os negros, mesmo que há muito alforriados, continuavam lutando pela igualdade que, enfim, lhes traria a verdadeira liberdade. Nada disso o emocionava. Não tomava partido. Não se pronunciava. Não se arriscava a nada. Não se expunha. Tornou-se mesquinho em seus sentimentos. Trocou o vício do álcool pelo da autopiedade, desistindo de si mesmo.

Às vezes procurava compensar sua solidão longe da fazenda, com alguma companhia, em encontros efêmeros, vazios, que não lhe davam nada em troca além do prazer físico, mecânico, e um sentimento de remorso que não lhe abandonava. Pessoas passavam por ele, por seus braços, por seu corpo, sem amor. Em outras vezes, contentava-se em aliviar sua solidão sozinho em seu quarto.

Se tentava envolver-se com alguém, começava a repetir os mesmos erros que cometera com Clara. Seus traumas não tratados, ou quem sabe intratáveis, não o abandonavam. Sua alma blindada não mais se entregaria a ninguém. Falava com a boca, mas não com o coração. Sorria com a face, mas não com os olhos que, opacos, roubavam toda a expressão de seu rosto.

Alguns domingos, depois do almoço, deitava-se no sofá da sala para ouvir música. Algumas delas deixava repetir indefinidamente na vitrola. Em outros ia ao cinema sozinho, ou chamava sua mãe. Com Amélia podia escolher os filmes dublados, sem se envergonhar. Se cruzava com algum conhecido do passado, fazia que não o via. Não tendo amigos, podia ser ele mesmo. Não tinha que mentir, que viver com medo de expor suas fraquezas, suas escolhas. Viver sozinho tinha lá suas vantagens.

O Tempo, vendo-o em tamanha apatia, murmurou para si mesmo: "Que triste, Inácio! Lembre-se de que, quando olhamos para um lado da moeda, o outro fica escondido, mas nem por isso deixa de existir".

46

Certa ocasião, após o falecimento de seu único neto, Amélia começou a se lembrar de Clara. "Como a vida às vezes junta algumas pessoas e elas se dão tão bem! E depois de repente as separa", refletia. Já havia quatro anos que ela não tinha notícias de Clara. Ainda adorava a nora, mesmo que à distância. Queria muito ter notícias dela. "Como será que ela está? Deve estar melhor do que Inácio. É mais forte do que ele, mais decidida. Mas se metade das coisas que ela me contou que Inácio fazia com ela for verdade, ela estará marcada para sempre, tenho certeza! Inácio é um desafio diário para mim! Tenho medo de morrer e deixá-lo sozinho. Um filho que, embora difícil de amar, é muito amado."

Inácio a observava de longe, preocupado.

Estava perdida nesses pensamentos, quando ele se aproximou dela, assustando-a. Ele sentou-se a seu lado, e começaram a conversar. Era raro. De repente ele sugeriu:

— Mamãe, por que você não vai a Morro Alto visitar Tio Augusto? Só por uns dias. Acho que seria bom você sair um pouco daqui. Ver paisagens novas.

Amélia resistiu a princípio, mas depois concordou com o filho. Ia lhe fazer bem. Ficaria apenas uma semana por lá. Não gostava de deixar Inácio por muito tempo. Vivia temendo uma recaída dele.

Foi bom. Distraiu-se um pouco. Seu irmão Augusto e seus filhos a levaram a vários pontos da cidade, gabando-se de como Morro Alto estava crescendo. Ela ficou assustada, não com o crescimento da cidade, mas sim da desigualdade social que vinha a reboque de toda aquela grandeza.

Um dia antes de retornar à fazenda resolveu sair sozinha para fazer umas últimas compras, alguns presentes. Foi quando avistou Clara, na saída de uma loja. Seu coração se acelerou. Aproximou-se, cumprimentaram-se, Clara um pouco sem graça. Perguntou como ela estava, se estava trabalhando. Clara contou que havia aberto um atelier de alta-costura, com modelos exclusivos, e que o negócio ia muito bem. Estava de mãos dadas com uma criança. Deveria ter por volta de três anos ou um pouco mais.

— Estou vendo que tocou sua vida, Clara. Que bom!

Clara não respondeu. Apenas perguntou:

— Como estão as coisas na fazenda?

Amélia não conseguia tirar os olhos da criança. Alguma coisa a incomodava. Não se parecia com Inácio, definitivamente. Mas tinha alguma coisa familiar, e ela não sabia o quê.

— Como se chama, meu lindo?

— Rafael.

— Tem nome de anjo! Quantos anos você tem?

Ele mostrou quatro dedos com a mão.

Clara logo consertou:

— Você sempre aumentando a idade, não é?

— Mas já está quase chegando meu aniversário!

Amélia, percebendo o desconcerto de Clara, se apressou em completar:

— Quando você passar dos trinta anos, quero ver se vai querer aumentar sua idade.

As duas riram. Amélia passou a mão na cabeça dele carinhosamente e se despediram.

Amélia continuou com a imagem daquela criança na cabeça. Voltou para a fazenda intrigada.

Assim que chegou foi procurar Quitéria. Avistou-a de longe, voltando da horta. Sentou-se em um banco de madeira para esperar por ela. Começaram a conversar, e Amélia lhe contou sobre o encontro com Clara, sobre a criança:

— Ele me lembra alguém e, pela idade, ela pode ter saído daqui grávida, mas não de Inácio. Era um menino muito interessante. Mais moreno do que o esperado para a família dela, olhos levemente esverdeados, cor de folha seca, cabelos bem cacheados, e que de alguma forma tinha um quê de conhecido em seu semblante ou em sua postura.

Quitéria ficou olhando para ela, calada. Viu seu rosto se transformando. Amélia foi ficando muito pálida. Olhou para frente e viu Chitão, que tinha acabado de sair do Defumador, com as mãos cheias de hortaliças, e caminhava na direção delas. Amélia murmurou:

— Desgraçado! Vou acabar com ele!

Amélia se levantou como se fosse correr na direção dele. Quitéria segurou-a pelo braço.

— Acalme-se, D. Amélia. É melhor que ninguém saiba. Nem Chitão.

— Não me importo mais com ele, Quitéria. Por mim ele pode fazer o que quiser da vida dele, mas aqui ele não fica mais.

— Não faça isso, D. Amélia. Tenho que lhe confessar uma coisa muito difícil. E muito séria.

Amélia olhou para ela transtornada. Quitéria completou:

— Ele é seu sobrinho.

Com uma expressão agora de terror, perguntou:

— Filho de quem, pelo amor de Deus?

— De Padre Agostinho.

Amélia deu um grito tão alto, que o pessoal da cozinha saiu para olhar. Diante da situação, Chitão decidiu voltar para o Defumador.

Caiu sentada no banco, em choque. As lágrimas turvando seus olhos e sua mente.

Ficaram ali, meio abraçadas. Amélia com a cabeça nos ombros de Quitéria. Quitéria alisando as costas de Amélia. Perderam a noção do tempo que ali permaneceram.

Quando Amélia saiu do transe, perguntou, com olhos embaçados e ao mesmo tempo esperançosos:

— Você tem certeza?

— Tenho. Se tivesse a mínima dúvida, não teria lhe revelado.

— Por que nunca me contou?

— Porque tudo tem o tempo certo. Essa revelação, agora, era a única forma de evitar um escândalo, que só traria sofrimento para Inácio. Isso abriria ainda mais as feridas dele ou talvez até causasse alguma desgraça. Não vale a pena. E Chitão também não precisa passar por isso.

— Como você é sábia, Quitéria.

— É a vida que me ensina, D. Amélia. Basta prestar atenção.

Amélia balançou a cabeça em concordância e disse:

— E você, Quitéria, tem uma eternidade de vida dentro de você.

Ficou um tempo refletindo e completou:

— Vou ligar para Francisca. Quando Raimunda fugiu, eu mesma a aconselhei a deixar Chitão aqui. Agora é hora de ele ir viver com a tia, quero dizer, com a outra tia. Pedirei a ela apenas que o acolha. Afinal, ela mesma quis levá-lo para viver na Fazenda da Colina há muito tempo.

Quitéria fez que sim. Sabia que, até para um coração como o de D. Amélia, aquilo era demais. A presença dele só causaria dor. Não queriam mais problemas para Inácio. Não diriam o motivo a ninguém, nem para Francisca. Aqueles dois segredos as duas teriam que levar para o túmulo: o pai de Chitão e o pai de Rafael. Por ironia do destino, as duas crianças foram concebidas no mesmo lugar — entre as paredes úmidas do antigo Defumador.

Dias depois desse episódio, Francisca e Nonato foram buscar Chitão. Nunca souberam o motivo do pedido de Amélia. Também não perguntaram. Apenas atenderam, respeitando o silêncio dela.

Francisca disse ao sobrinho que estava precisando de uma pessoa para cuidar da horta e havia se lembrado dele.

Chitão teve uma vida boa, tanto na Fazenda Almeida Bastos como na fazenda de sua tia Francisca. Um dia, porém, entusiasmado pelas notícias de oportunidades melhores nas cidades grandes, decidiu partir. Triste decisão! Foi mais um a povoar as favelas que cresciam desenfreadamente pelas capitais país afora. Nunca mais se soube dele.

Alguns dias na vida da gente nos roubam um pedaço de nossa vida. Aquele foi mais um desses dias para Amélia.

Foi para o quarto, pegou uma folha de papel e começou a derramar nela toda a sua indignação. Aquela religiosidade imperturbável, que sempre fora seu esteio para todas as adversidades, havia se turvado. Como uma pedra que cai sobre águas calmas, formando ondas circulares ao seu redor, também seu pensamento foi tomado por um tremor que se revelava muito mais na forma de perguntas do que de repostas. Viveu mais cinco anos depois disso. Quando morreu estava com oitenta anos.

Algum tempo depois da morte de Amélia, Quitéria também deixou esta vida. Já estava bastante velha, com muito mais de oitenta anos. Ainda ia à cozinha quando podia ou queria, mas quem a comandava a essa altura era Sebastiana, com toda a paciência e respeito à sua antiga senhora.

Depois das mortes da mãe e de Quitéria, todos os dias, no fim da tarde, Inácio se sentava na varanda da Casa Grande e começava a falar sozinho. Já estava chegando aos quarenta anos.

Como assombração sabe para quem aparece, começou a correr pela fazenda comentários de que Dr. Inácio, toda tarde, conversava com as almas penadas, que haviam visto o fantasma do Coronel Leôncio, de

Quitéria, de D. Amélia. Alguns diziam tê-lo visto brincar com uma criança em seu colo.

Diziam que ele gesticulava, se irritava, mudava o tom de voz, apontava...

Como nem sempre são os fatos que levam à crença, mas a crença que cria os fatos, de tão convictos os empregados começaram a evitar as proximidades da varanda nos fins de tarde. Diziam que só ouviam a voz dele; parecia responder a perguntas que só ele ouvia.

As moças da cozinha passaram a rezar antes de ir deixar o chá com biscoitos que ele sempre pedia que lhe levassem na varanda, e que muitas vezes deixava intocados. Mas, como quanto mais se reza mais assombração aparece, voltavam sempre apavoradas, dizendo que tinham visto alguma coisa. Decidiram então se revezar nessa tarefa. Nada as fazia mudar suas crenças. Continuavam a ver assombrações. Passaram a ir cada dia mais cedo, até mesmo antes dele chegar, e a só recolher as sobras na manhã seguinte, depois que a luz do dia já afastara as almas perdidas, que durante a noite vagueiam entre nós.

Com isso Inácio se tornava cada dia mais solitário.

Tempo final

Renda-se, como eu me rendi. Mergulhe no
que você não conhece como eu mergulhei.
Não se preocupe em entender,
viver ultrapassa qualquer entendimento.

Clarice Lispector

Fim de tarde.

Inácio, à espera do Tempo, sozinho na varanda, tem o olhar perdido na beleza que o rodeia. Pensa em sua mãe. Como pôde ter convivido tanto tempo com ela e não ter sequer ideia sobre o que se passava em sua cabeça?

Sentiu o Tempo se aproximar.

— Você acredita em Deus, Tempo?

— E o que importa em que eu acredito, Inácio?

— Tenho me questionado muito sobre isso. Que Deus é esse que foi tão injusto comigo?

— Foi injusto quando lhe fez nascer em berço de ouro? Quando lhe deu uma vida boa, com tudo que você queria a seus pés?

— Claro que não, Tempo! Estou falando do Deus que me deu dificuldades, dor, perdas...

— Deixe-me ver se eu entendi. Você avalia se acredita em Deus apenas pelo que Ele lhe deu de ruim?

— Não só por isso. Este mundo não é justo. Estou procurando, em vão, respostas e explicações para tudo.

— Ainda se lembra do dia em que você mandou queimar o resto das coisas de Clara que sobraram no porão? E fez questão de assistir à queima?

— Claro que me lembro, Tempo!

— Então, Inácio, chegou a hora de você criar coragem: limpe o porão de sua alma. Queime tudo o que não presta, atire as cinzas ao vento e preserve os seus tesouros. Não se apegue a nada de ruim. Tente. Você pode se surpreender.

Inácio foi dormir incomodado. Sentia que havia no Tempo uma dose de impaciência, que ele até então nunca notara. Estava se tornando desagradável. Seu sono foi angustiado. Sonhou que abria o seu corpo em busca de tesouros e lá dentro só havia cinzas.

47

Tempos depois da morte de Amélia, Inácio resolveu entrar no quarto dela. Precisava se desfazer de suas coisas. Encontrou um livro, um dos preferidos de sua mãe. Quando o pegou, um bloco de folhas com trechos escritos por ela, datados de 1980, caiu no chão. Começou a folheá-lo e, espantado com o que estava vendo, decidiu lê-los por inteiro.

20 de fevereiro de 1980

Deus, se Tu existes, me perdoa, pois acho que estou perdendo minha fé em Ti. Estou irremediavelmente triste com os últimos acontecimentos. Cansei de tentar Te entender. Não compreendo mais as religiões que são conduzidas em Teu nome. Para mim não passam de um monte de dogmas estabelecidos "pelos homens, para os homens", que têm insistentemente nos levado a muitos erros. Cansei de ouvir as desculpas dadas em Teu nome para justificar o caos que se estabelece cada vez mais neste Teu mundo.

Desculpa-me, mas acho que tens que ser mais claro, porque os que aqui vivem estão criando uma verdadeira balbúrdia. Interpretam Tua vontade dentro das limitações humanas ou, o que é pior, com objetivos nem sempre louváveis, e criam verdades em Teu nome. E o que acontece? Um bando de seguidores, que se dizem fiéis a Ti, mas que sequer entendem os Teus desígnios.

Se és o Criador, desculpa-me mais uma vez, Tua criação aqui na Terra não está dando muito certo! Não compreendo mais o mundo que criaste. Que espécie essa, que se diz humana, puseste neste planeta? Espero que em Tuas outras tentativas, em algum ponto desse imenso universo, do qual só vislumbramos um pequenininíssimo pedaço aqui da terra, tenhas Te saído melhor. Porque por aqui, com o passar do tempo, estamos nos tornando cada vez piores, verdadeiros selvagens. Em Teu nome lutam por causas inglórias, matam-se uns aos outros, tentando impor verdades que acredito não serem Tuas, mas deles próprios. Lembro-me de ter lido em algum lugar uma frase atribuída a Napoleão Bonaparte dizendo que "guerras religiosas servem apenas para ver quem tem o melhor amigo imaginário". No dia fiquei chocada. Hoje vejo com outros olhos.

Ah! Ia me esquecendo! Não acredito no tal do "celibato" imposto a homens e mulheres pelas religiões. Acho que tem causado mais danos do que louvor. Mas sei que essa pode ter sido mais uma regra criada por nós mesmos.

Inácio parou. Estava atônito e até curioso. O que poderia ter feito sua mãe, que sempre foi tão religiosa, perder a cabeça daquele jeito? De que acontecimentos estaria ela falando? Nem em mil anos ele poderia imaginar que sua mãe escreveria tanta blasfêmia! Conferiu. A letra era dela mesmo.

21 de fevereiro de 1980

Deus, tenho pensado muito ultimamente e acho que ando meio perturbada. Já reparaste que os que pregam em Teu nome falam mais em demônio e em pecado do que em Ti? Perdoa-me, mas isso me levou a outra dúvida: quem não crê em Ti, crê no demônio? Eu acho que não. Então não há nem céu, nem inferno! Não és Tu o criador de tudo? Então confirmo, o demônio é fruto de nossa imaginação, para entendermos o nosso lado mau, as tentações que sofremos nós, mortais. Mas não fomos criados à Tua imagem e semelhança? Então só podemos almejar o bem. Ah! Vamos deixar para lá.

Mas as coisas têm dado errado por aqui. Muito errado, por sinal. Existem, sim, desgraças, catástrofes, mortes prematuras, fome, sofrimento e muitas outras coisas ruins que vemos aos montes neste Teu mundo. E muita desigualdade. Se Tu és correto, por que há tanta maldade no mundo?

E mais uma coisa: detesto promessas. Como pode uma pessoa, em sã consciência, que crê em Ti, barganhar Contigo? "Se meu filho conseguir se formar, eu subo 50 degraus de joelhos." A quem interessa isso? Essa automutilação? Ou ainda: "Se meu filho ficar curado, ele ficará dez anos sem cortar o cabelo". E o pobre menino viverá esse tempo todo aguentando o deboche dos colegas, marcando-o para o resto de sua vida, por uma coisa que prometeram em nome dele? Que Deus faria isso com uma criança? Se Tu és fiel e nos amas acima de tudo, aceitarias uma troca dessas? Ora, ora! Se promessa funcionasse, não haveria desgraça neste mundo!

Inácio sorriu. Como estava confusa a sua mãe. Será que estava caduca àquela altura da vida? Sequer entendeu o encadear das ideias dela nesse dia. Mas aquela confusão de palavras lhe levantou uma dúvida: se Deus fosse uma mentira, por que tanta gente acreditaria nele? Balançou a cabeça e continuou.

25 de fevereiro de 1980

Perdoa-me, Deus. A esta altura da vida, eu não sei sequer o que vim fazer aqui. Nem sei se sou feliz. Ou se fui um dia.

Inácio suspirou profundamente. Ele, Inácio, não tinha dúvida: não era feliz. Continuou lendo.

2 de março de 1980

Deus, hoje pela manhã estive refletindo sobre a confissão. Lembrei-me de quando era criança. Todo domingo pedia a meus pais para chegar mais cedo em Vale Fundo para que eu pudesse me confessar antes da missa.

Foram tantas as coisas que enfiaram em minha mente infantil que eu me sentia sempre em pecado. Tinha que me confessar para poder receber a hóstia sagrada merecidamente. Meus pecados? Pensei alguma bobagem, respondi mal à minha mãe, briguei com meu irmão, desobedeci a meu pai, falei palavrão — daqueles bem bobinhos, os feios mesmo eu nem conhecia. O padre me mandava rezar Pai-Nosso e Ave-Maria na quantidade que ele julgava que meus pecados valiam. E assim era todo domingo. Até que um dia ele me dispensou, dizendo que quando eu tivesse esses pecadinhos bobos não precisava me confessar. Era só rezar um Pai-Nosso e uma Ave-Maria, e Tu me perdoarias.

Confesso que fiquei chocada. Eu já tinha me acostumado àquele ritual, e ele fazia com que me sentisse mais leve. Sentia falta.

Lembrei-me também de certa vez que um padre amigo da família se hospedou em nossa fazenda. Ficou lá alguns dias, talvez uma semana. Lembro-me de que ele juntava a meninada para distribuir santinhos e terços. Certo dia ele me disse que eu ganharia um terço, mas que teria que pegar em seu bolso. Eu, inocente, enfiei minha mão no bolso furado de sua batina. Claro que peguei em algo que não consegui saber o que era, mas que ao mesmo tempo me intrigou. Puxei minha mão rapidamente, assustada. Ele me entregou o terço que estava em sua outra mão. Por muito tempo não tive coragem de contar a ninguém, até que um dia me abri com uma das empregadas que trabalhavam em nossa casa. Ela contou à minha mãe imediatamente. Eu percebi de longe. Não sei o que minha mãe fez com essa informação, se me julgou mal, já que esse padre voltou a se hospedar em nossa casa muitas vezes depois disso. Do terço que ganhei naquele dia, lembro-me até hoje. Era azul, da cor do manto de Nossa Senhora, como o padre mesmo disse ao me entregar. Resolvi enterrá-lo em algum lugar do vasto quintal da casa de nossa fazenda. Eu nunca mais quis saber dos santinhos ou dos terços dele. Quando ele vinha, eu procurava me afastar. E ele não insistia. Nem minha mãe.

Quanto à confissão, hoje eu acho que ela pode dar algum alívio a quem peca, mas não resolve o dano causado a quem foi atingido pelo pe-

cado. Prefiro muito mais refletir sobre o que faço e, sempre que for o caso, pedir perdão a quem eu fiz o mal. Pessoalmente e com sinceridade. Não confio mais em padres, mas respeito aqueles que honram a sua batina, que sei que são muitos. Para ser sincera, não me confessaria nem com Padre Agostinho, meu irmão.

Inácio tomou o fôlego, atônito. O caso da infância de sua mãe o fez recordar de seu tempo de internato e de Tadeu, agora com o olhar de adulto. "Mas o que meu tio, Padre Agostinho, tem a ver com isso?" Balançou a cabeça em negação e retomou a leitura.

7 de março de 1980
Senhor, meu Deus, perdi meu neto querido com apenas três anos de idade. Por que não levaste a mim, que já vivi bastante, no lugar dele? A frase que mais ouvi sobre o falecimento de tão pequena e inocente criatura? Que meu neto estava em melhor companhia: estava ao Teu lado. Sei que tentavam me dar conforto diante da dor incomensurável que eu estava sentindo, com ditos que tentam explicar o inexplicável. Isso mesmo: ninguém sabe! E tem mais: se Tu estás em todo lugar, não estaria meu neto em Tua companhia aqui na terra também? O melhor lugar para ele agora não seria aqui, crescendo ao lado dos pais, de mim, cercado de amor, sob a proteção de uma família, num lar que deveria ter sido criado bem estruturado, como um ambiente de alegria e paz?

Por acaso alguém já foi lá, nesse lugar chamado de "após a morte", ou céu, como querem alguns, e voltou para dizer como é? Não! Todas as respostas se baseiam em coisas deduzidas por alguns que se dizem especiais e que, portanto, recebem Tuas mensagens. E criam religiões. E o povo, carente de explicações, de tábuas de salvação para suas mazelas, de perdão, escolhem acreditar ou fingir acreditar. É mais fácil, diante de fatalidades que não têm volta, nem justificativa. Troca-se a dor por uma mentira.

Depois de perder meu neto, me sinto muito mais órfã do que quando perdi meus pais. Gabriel, mesmo sendo apenas uma criança, me dava vida e futuro. E, principalmente, me trazia alegria e paz. Agora sinto que não tenho nada. Sequer tenho esperança em dias melhores. Sinto que a vida vai me arrastar por mais um tempo. Ou eu vou arrastá-la comigo. Tanto faz. A dor é a mesma.

E muito cuidado com aqueles que eleges como Teus representantes aqui na terra. Eles têm falhado muito, se é que são escolhidos por Ti.

Inácio se comoveu, molhou os olhos. Notou que havia uma mancha na escrita de Amélia, provavelmente uma lágrima também. Quantas vezes ele mesmo tinha se perguntado se Deus não deveria tê-lo levado no lugar de Gabriel! Quantas vezes ele não se sentiu órfão também, mesmo sem saber colocar isso em palavras, como sua mãe tão bem havia feito! Nunca aceitou a perda de Gabriel. Nunca esqueceu. Nunca se livrou da culpa pela morte do filho.

18 de março de 1980

Senhor, estive refletindo sobre Teu filho Jesus, que veio à terra pregar em Teu nome. Pregou amor, doação, simplicidade, respeito, igualdade, justiça divina, perdão. Dizia que todos somos irmãos, abominou o apego às riquezas e dizia que Teu reino era das crianças.

Isso me levou a pensar nos "tronos religiosos" espalhados pelo mundo afora.

Já reparaste como aqueles que estão no comando estão sempre rodeados de luxo, riqueza, benesses, comida farta e boa, teto sólido? E o mais triste é que tive que incluir Teus missionários nesse rol de abastados. Sobem ao trono para pregar consolo a quem nada tem. Quantos templos foram construídos, revestidos de ouro, para louvar a Ti, alguns à custa de trabalho escravo ou de exploração de fiéis?

Quando olhamos para o passado, para os povos antigos que aqui habitavam, o que eles chamavam de Deus? Coisas como o trovão, o raio, a chuva, a natureza. Era assim que eles percebiam a Tua grandeza e a

Tua força, em simples ocorrências da natureza. A ciência avançou, explicou muita coisa antes considerada extraordinária, e hoje nós classificamos esses povos antigos como primitivos. Será que daqui a algum tempo, centenas de anos talvez, ou nem isso, não seremos considerados também primitivos à luz de *nossa fé? Acredito que sim. O tempo dirá.*

Inácio teve que reconhecer. Sua mãe tinha uma mente avançada para quem tinha nascido no início do século. O parágrafo final deste texto foi uma total surpresa para ele. Nunca tinha lhe passado pela cabeça nada parecido.

28 de março de 1980

Acabo de chegar da missa em Vale Fundo. Como as religiões nos incutem medo e culpa! Já nascemos em pecado e continuamos vivendo em pecado, como se tivéssemos contraído uma dívida enorme, impagável, que irá nos afligir até nosso último suspiro. Como tememos o inferno e, em consequência, a morte! Para que temê-la? A morte pode ser a melhor solução. E a dor? Para que a criaste, Deus? Não a do corpo. Estou falando da dor da alma. Já não bastava a finitude de tudo?

As últimas frases que leu, incomodaram muito Inácio. Muitas vezes se pegava pensando nisso também. Nas coisas que incutiram em sua cabeça no internato. Vivia com medo de tudo. Chegava a sonhar com aquele dito "Olho de Deus" triangular desenhado em seu livro de catecismo, que nos vigiava o tempo todo. E com o demônio, aquela figura horrorosa com chifres e um rabo com ponta de lança. Sentiu um arrepio a lhe subir pelo corpo.

10 de abril de 1980

Existe vida eterna? Quanto já se especulou sobre isso! Não sabemos. Ninguém sabe o que há antes da vida, nem depois da morte. E saem por aí inventando todo tipo de teorias. Uns acham que temos muitas vidas; ou-

tros, só uma. Uns acreditam que temos espírito, outros garantem que não, que somos só corpo: morreu, acabou. Os mais controladores, ou ansiosos, ou desesperados, querem saber do futuro. Consultam-se com videntes, quiromantes, acreditam em mensagens — do além, de coincidências, do acaso, de sonhos.

Lembro-me de uma época em que eu queria muito ter outro filho, mas não tinha mais idade para conceber. Tentei convencer Leôncio a adotarmos uma criança, como fizeram Clementina e Norberto com Nonato, e que tinha dado tão certo. Ele foi taxativo em dizer que filho tinha que ter o mesmo sangue dos pais. Eu discordava, mas nada podia fazer. Não era uma atitude para se tomar sozinha. Nessa época cheguei a sonhar que estava num orfanato e ali vivia uma menina, minha filha adotiva. Seu nome, hoje não me recordo mais, mas ficou em minha mente por muito tempo. Seu rosto, até hoje o vejo claramente. Achei que era um aviso, que aquela menina viria até mim, de alguma forma. Ledo engano. Não acredito mais em sonhos. São apenas desejos escondidos que se misturam a pedaços de memória, para nos aprazer ou incomodar. Da maioria, sequer nos lembramos depois de acordados.

Estamos sempre em busca da felicidade, muitas vezes confundindo-a com dinheiro, posses e bem-estar, sempre nos esperando no futuro. Ou na eternidade. Se dinheiro trouxesse felicidade, Inácio seria a pessoa mais feliz deste mundo, mas não é. No fundo não sabemos ser felizes e colocamos o ônus de nossas mazelas nas costas dos outros. Puro desespero. O mais importante não é saber se há alguma coisa após a morte. É viver como se nossa vida aqui fosse eterna!

Inácio suspirou. Não era feliz mesmo. Tinha um nó na garganta. Sempre sentia que tinha tudo e nada ao mesmo tempo.

30 de abril de 1980

Há alguns meses estive em Morro Alto. Espantei-me com a pobreza crescente, encravada em seus morros, permeando as ruas cheias de crianças pedintes, malvestidas, descalças, famintas. Por que, meu Deus? A cada dia mais famílias abandonam o campo e migram para as grandes cidades, em busca do sonho de uma vida melhor. Sonhos que logo se mostram um verdadeiro malogro. Que mundo estamos construindo para nós? Se a pobreza cresce muito mais do que a riqueza, o que esse desequilíbrio desencadeará no futuro? Aonde o poder, a sede de poder, o gosto pelo poder vão nos levar?

O poder sempre exerceu um fascínio desmedido sobre nós, em todas as esferas da vida humana: governos, religião, família, organizações. Sempre querendo nos roubar mais um naco da justiça e da igualdade. Aonde vamos parar? Que deformidade social estamos criando? Até quando praticaremos a desumanidade?

Vivemos num mundo de luxos e lixos, onde os despossuídos não conseguem sequer vislumbrar que um dia deixarão de sê-lo. Perderam a esperança. "Reza de pobre não chega ao céu", como diz a sabedoria popular.

Deus, me redimo. Proteja-nos dos malfeitores que se proliferam escondidos atrás de uma aparência boa, de uma roupa engomada, em todos os escalões do poder! Conserta este mundo que criaste! Eu sei o que a maioria me diria. Não me satisfaz. Eu continuo querendo saber: por quê?

As anotações da mãe pareciam ter se acabado nesse ponto. Havia mais uma página, com somente uma anotação datada de 1985, ano em que ela faleceu. Foi este último desabafo que causou em Inácio o maior impacto.

22 de maio de 1985

Meu Deus! Meu Senhor! Vim Te pedir perdão por todos os meus erros, por ter duvidado tanto de Ti. Por ter Te feito tantas perguntas que cabe a cada um de nós encontrar as respostas. Sou apenas mais uma sofredora perdida neste Teu mundo. Sei que meu tempo por aqui está se acabando e venho Te fazer um último pedido. Zela por Inácio. Perdi a esperança de que ele vá se casar novamente algum dia e que deixará algum herdeiro. E para quem ficará toda esta riqueza que nos cerca? Para aqueles que já receberam muito de Ti? Põe compaixão no coração de meu filho para que ele seja mais justo na morte do que tem sido em vida. Ilumina-o. Amém.

O Tempo, observando Inácio, sussurrou: "O que é a vida, meu amigo, senão um quebra-cabeça em que peças de todo o tipo se encaixam, lado a lado, boas ou ruins, indiferentes ou marcantes? Está chegando a hora de você encaixar as peças finais. Escolha-as com carinho".

48

Inácio passou alguns dias refletindo constantemente sobre tudo o que sua mãe havia escrito e principalmente seu último registro. Sentia-se muito incomodado.

Já tinha pensado várias vezes no que seria de seus bens quando morresse. Sabia que não teria herdeiros. Não havia se recuperado da perda de Gabriel e não se achava capaz de ser marido e pai novamente. Até aquele dia, tinha decidido não se preocupar com isso. Deixaria que os vivos resolvessem. Que seus parentes, que mal conhecia, se digladiassem por seus bens.

Mandou chamar Celinho, o contador, para a conversa mais longa que já tiveram em todos aqueles anos. Deu-lhe uma série de incumbências, dizendo que não se preocupasse com o valor que gastaria para resolvê-las. Podia pedir ajuda de especialistas, pesquisar, viajar, o que fosse necessário.

Criaram o hábito de se reunir todas as sextas-feiras pela manhã. Depois de um tempo, passaram a ter a companhia do advogado, Dr. Felício, em boa parte dessas reuniões.

Depois de um ano, com tudo pronto, Celinho entrou em numa luta ferrenha consigo mesmo. A papelada não seria mais relida. Bastava alterar alguns pontos, e Inácio assinaria cegamente. Mas a voz de seu avô Célio, também contador, martelava em sua cabeça: "Tem algumas coisas que nunca devemos perder. Uma das mais importantes é a honestidade"; "Honestidade é para sempre"; "Quando se perde a honestidade, perde-se a felicidade também".

Seu avô, um competente profissional, havia servido ao Coronel Leôncio, como também ao Coronel Ignacio, pai dele, por toda uma vida, como responsável pela contabilidade da fazenda, e tinha firmado com eles uma grande amizade, especialmente com o Coronel Leôncio. Passou a vida preparando o neto, Celinho, que seguiu a mesma profissão, não só com os trâmites, estruturação das informações, cálculos, mas principalmente com princípios. Não podia traí-los. E por isso segurava a papelada e adiava sua entrega a Inácio, pois havia introduzido nos documentos um desfalque a seu favor.

— Celinho, vamos nos reunir esta semana?

— Provavelmente, Dr. Inácio, estou só revisando tudo, corrigindo alguns detalhezinhos para que não passe nada. Quero tudo perfeito!

Até que um dia, não teve mais como adiar. Levou a papelada, Inácio assinou. Foi ao cartório e registrou. Depois lhe entregou tudo, organizadíssimo, em pastas grossas. Um dossiê completo.

Nada mais foi comentado.

Naquele fim de tarde, Inácio sentou-se em sua poltrona na varanda, refletindo sobre sua mãe. "Sempre vi minha mãe como uma pessoa forte, pronta para tudo, que enfrentava qualquer batalha. Hoje vejo que ela era apenas mortal, sofredora, como qualquer um. Eu poderia ter feito muito mais por ela. Conversado mais, ouvido mais, dado mais atenção a ela. Quantas vezes eu poderia tê-la ajudado. Mas não! Deixava-a sozinha na sala, perdida em pensamentos. Preferia passar direto. Agora é tarde."

Avistou Bento e acenou para ele, chamando-o. Sem rodeio, abordou-o:

— Bento, o que você achava de minha mãe?

Bento, surpreso com a pergunta, respondeu:

— Minha madrinha foi uma das melhores pessoas que conheci na vida. Preocupava-se com todo mundo, queria fazer tudo para que todos fossem felizes. Sofria com o sofrimento dos outros. Tinha entusiasmo, ânimo e transmitia muita alegria. Mas muitas vezes eu percebia que ela dividia essa alegria com uma dor, muito bem guardada, como se estas duas emoções brigassem dentro dela. Nunca consegui entender de onde vinha essa dor. Era como se ela carregasse uma culpa que não merecia.

— Você acha que ela foi feliz, Bento?

— Sim, ela foi feliz. Ela e o Coronel foram muito felizes juntos.

— Vem cá, Bento. Deixe-me lhe dar o abraço que estou devendo desde que voltei de Paris.

Bento o abraçou, ainda que atônito com o pedido de Inácio.

Por um breve momento, foram de novo aqueles dois meninos que desbravavam a fazenda juntos.

Desfecho

Senti que morrer devia ser doce...
ficar livre para sempre da vergonha,
da angústia, da solidão... de tudo.

Érico Veríssimo

Fim de tarde.

Inácio, sentado em sua poltrona, espera o Tempo. Naquele fim de tarde, já quase noite, distraiu-se olhando a paisagem entrecortada pelos troncos das árvores antigas. Parecia um tecido de listras incertas, numa estampa marrom e azul, que se tornava cada vez mais negra, até alcançar a escuridão total. Naquela noite, nem a lua veio lhe fazer companhia. Não sentia a presença do Tempo, mas mesmo assim fez uma última tentativa.

— Bem-vindo, Tempo!

Silêncio.

— Sei que você está aí.

Silêncio.

— Quero me despedir de você.

Silêncio.

— Vou morrer esta noite, Tempo.

Silêncio.

Desde a perda de Gabriel, Inácio vinha convivendo com a sensação de que a morte havia se aproximado dele, agarrando-o tão fortemente que não mais o largaria. Levantou-se e foi para seu quarto.

49

Naquela noite Inácio recolheu todas as suas dores e toda solidão dos últimos anos de sua vida, ou quem sabe de sua vida inteira, e levou consigo para o quarto. Nem o Tempo havia se dignado a conversar com ele. O que mais poderia esperar da vida?

Certificou-se mais uma vez de que estava tudo conforme havia programado, inclusive sua medicação, e foi se deitar.

Logo começou a ser acometido por sensações intercaladas de calor e frio intensos, ora encharcando-se de suor, ora encolhendo-se gelado. Entrou em uma agonia extrema que lhe pareceu interminável. Começou a delirar, cenas de dor e culpa se revezando em seu sofrimento, tomando as mais variadas formas.

Via o pequeno caixão de Gabriel descendo ao túmulo enquanto vozes lhe gritavam acusações: "Assassino! Covarde! Irresponsável!" Em seguida se via correndo pela fazenda tentando alcançar Clara, mas, quando se aproximava, um rosto todo deformado se virava em sua direção. Ele parava atônito, e ela se afastava em disparada. Começava a persegui-la novamente e tropeçava em um volume no chão. Caía e, quando olhava para o lado, deparava-se com o corpo inerte de João Carlos, todo quebrado, com suas partes se soltando lentamente, o rosto transtornado de dor, olhos fixos em sua direção. As cenas seguiam em repetição sem fim, nem sempre na mesma ordem, nem sempre idênticas, mas igualmente devastadoras, revelando entre elas os rostos de seu pai, de sua mãe, de Quitéria, condenando-o. E assim, preso em momentos ruins de sua vida, sofrendo a cada repetição as mesmas aflições, sentiu-se num eterno inferno.

Foi nesse estado de tormento que alcançou a área de mata fechada, seu esconderijo da infância. Correu em direção às pedras que tantas vezes lhe serviram de abrigo, mas até elas lhe negaram apoio: abriram-se, deixando-o cair num buraco negro, flutuando no nada.

Inácio começou a gemer, inicialmente em tom mais alto e depois quase como um sussurro:

— Que agonia, que agonia, que agonia, meu Deus!

Deu aquele último suspiro, o que separa a vida da morte. O que enfim traz a paz. E assim se foi, sem ninguém para lhe acudir, segurar sua mão, lhe dar consolo. Nos últimos momentos, Amélia, em sua imaginação, estava ali ao seu lado, esperando-o para fazer a passagem. Dormiu seu último sono.

No outro dia de manhã, deram pela falta de Inácio. Ninguém o tinha visto. Pediram para Ritinha entrar no quarto dele. Mas ela, temerosa, se negou a entrar lá.

Sobrou para Bento mais essa missão. Encontrou Inácio deitado, imóvel.

Mandou chamar Dr. Amerinho às pressas. Quando o médico chegou, entrou sozinho no quarto. Demorou-se lá dentro, decidindo o que fazer. Pensou no Coronel e em D. Amélia, a quem serviu por anos a fio. Recolheu alguns pequenos objetos que estavam em cima da mesa de cabeceira e saiu cabisbaixo.

Entregou a Bento a certidão de óbito com as instruções do que fazer. Como *causa mortis* constava "infarto".

Bento, esperto, e o único que havia entrado no quarto além do médico, comentou:

— O mesmo mal que matou o pai e o avô dele.

Dr. Amerinho despediu-se dizendo que, se precisassem de qualquer coisa, era só falar com ele.

Estavam todos completamente desorientados na fazenda. O que seria deles? Quem tinha herdado aquela propriedade? Começaram então a fazer todo o tipo de conjectura.

A notícia corria pela fazenda como uma onda, os capatazes com dificuldade de manter a turma trabalhando, já que também estavam atordoados.

Às dez e meia da manhã Celinho e Dr. Felício chegaram para o encontro marcado por Inácio no dia anterior. Ficaram perplexos com a notícia. Entraram os dois no quarto. O dossiê preparado por eles estava em cima da cômoda. Já sabiam o que fazer. Só não esperavam que fosse tão cedo.

Dr. Felício, precavido, deu uma folheada nos papéis. Espantou-se ao ver que em seu testamento Inácio havia deixado o apartamento de Vale Fundo para Celinho. Não se recordava disto. Celinho disse que foi decisão de última hora dele, por tudo o que ele e seu avô fizeram pela família.

A parte que Amélia herdara da Fazenda Boa Esperança, Inácio decidiu deixar para os tios vivos ou seus descendentes, na mesma proporção em que a fazenda deles havia sido dividida após a morte de seus avós maternos. Com isto, o tio Arthur ficou com um quinhão maior. Achou justo, pelo tanto que ele sempre se dedicou àquela fazenda. Nunca soube que o tio havia negado ajuda quando sua mãe pediu.

Chamaram Bento para lhe explicar a situação. Teriam que reunir todos os empregados. Sugeriram que fosse no domingo pela manhã, na área central do Caracol. Enquanto isso, deveriam tocar a fazenda normalmente.

Inácio havia estabelecido, em testamento, os termos para a criação imediata, após sua morte, da Cooperativa dos Empregados da Fazenda Almeida Bastos. A fazenda seria dividida em diversas partes, a serem distribuídas por sorteio aos empregados, que teriam o compromisso de torná-las produtivas. Havia recursos suficientes para sua constituição, bem como para apoiar o início do funcionamento das fazendas sob a responsabilidade de cada um.

A Casa Grande seria a sede da Cooperativa e as demais instalações seriam de uso comum, até que todas as fazendas tivessem o necessário para seu funcionamento. Cada responsável receberia o lucro de sua produção, abatida a contribuição para manutenção da Cooperativa. Seriam feitas avaliações periódicas dos resultados e implantadas as melhorias e alterações requeridas, mas sempre dentro da concepção estabelecida em testamento. Somente após vinte anos é que a posse definitiva das terras seria passada a quem as explorou. Nenhum empregado seria obrigado a aceitar. Mas, se aceitasse, teria que cumprir os termos estabelecidos.

Bento, além de sua parte, a única que fora previamente designada, não submetida a sorteio, seria o gestor da Cooperativa, podendo contratar os especialistas que necessitasse e constituir um comitê consultivo com os membros que melhor lhe aprouvessem. Dr. Felício, Celinho e Nonato foram os primeiros a serem convidados. Os três aceitaram prontamente.

Além de membros do conselho, Celinho e Dr. Felício teriam participação nos resultados da Cooperativa enquanto a ela se dedicassem, como o que fora estabelecido por Inácio.

Naquela cooperativa, que viria a se tornar próspera e vista como modelo por muitos idealistas, poucos traços dos antigos donos restariam, a não ser a capelinha e algumas peças que ornavam a Casa Grande, sua sede. Seu nome, Cooperativa dos Empregados da Fazenda Almeida Bastos, aparecia apenas nos documentos oficiais. Foi gradativamente substituído por sua sigla e nome de fantasia — CEFAB.

Dr. Felício nunca questionou a posse do apartamento dada a Celinho, mas ficou bem mais criterioso com a avaliação de tudo que vinha dele. Celinho notava, e isto o incomodava cada vez mais.

"Ah, como os humanos são inocentes!", murmurou o Tempo. "Acham que um deslize como esse garantirá sua felicidade? A mente humana não perde a oportunidade de incutir uma culpa, nos seus mais profundos refúgios, que acaba lhes roendo por dentro, sem que sequer percebam, e lhes destrói aos poucos".

Nonato, Francisca e seus seis filhos tiveram uma vida plena. A Fazenda da Colina prosperou muito. Depois de alguns anos sua fazenda também passou a fazer parte da Cooperativa, que foi se adaptando aos novos tempos. A escola continuou funcionando, tornando-se um grande esteio para o desenvolvimento da comunidade.

Bento superou a si mesmo e a todas as expectativas que um dia depositaram nele. Honrou a memória de todos os que lhe deram a mão desde seu nascimento, chegando cada vez mais perto de seu eu verdadeiro. Constituiu uma família linda. Teve cinco filhos com Neuzinha, uma mulher e quatro homens, que herdaram sua fazenda, todos formados em curso superior, entre eles uma médica e um dentista, que viriam a transformar a ala da Casa Grande, que outrora fora destinada aos hóspedes e autoridades, em uma clínica médico-odontológica, mantida pela Cooperativa, para o atendimento necessário aos cooperados, seus empregados e dependentes.

Ao envelhecer, Bento começou a repetir o mesmo ritual de passar sua sabedoria para os filhos, como um dia Coronel Leôncio fizera com ele. Teve uma vida longa. Morreu aos noventa anos, como Quitéria, sua avó. Tinha o semblante tranquilo, de quem havia cumprido sua missão com honestidade. Aquela velha culpa que sentia, por ter tido oportunidades na vida que seus pares jamais tiveram, converteu-se em caminhos para muitos.

Nunca soube quem era seu pai. Foi amado o bastante para não se deixar abater por isso.

A escola que Amélia um dia começara, numa construção acanhada de pau a pique, cresceu muito. Além das crianças, muitos adultos foram alfabetizados lá. Deixaram sua marca para a eternidade: não aquelas registradas nos livros de história, mas as escritas nos corações e, por isso, perpetuadas de geração em geração.

A capelinha foi aumentada, preservando ao centro a construção antiga, que era sagrada. Foi testemunha de muitos batizados, casamentos, missas e eventos comemorativos. Muitos agora recorriam àquela igreja sacramentada, para pedir e para agradecer a Santa Rita, a Santa das Causas Impossíveis, pela mudança em suas vidas que, de tão impossível, jamais havia sido sequer imaginada ou desejada.

O Caracol foi transformado em um local de apoio para diversas finalidades, sendo seu pátio central mantido como uma praça para encontros festivos, festas religiosas e reuniões de fim de expediente, sempre regados a uma boa pinga e muita moda de viola.

Depois de mais velhas, várias lavadeiras começaram a se reunir nas pedras do rio, que um dia foram seu ponto de trabalho, para uma lavação simbólica de roupas. Contavam histórias e recordavam o passado. Suas risadas eram ouvidas de longe. Com o tempo este costume transformou-se em um ritual, que terminava com preces e benzeção em quem por ali chegasse.

A beira da lagoa da antiga fazenda, um dos locais preferidos de Amélia, que sempre foi privilegiada por sua beleza e localização, passou a ser usada para diversas celebrações, em especial as de fim do ano, onde se agradecia à vida e celebrava as bênçãos recebidas.

Aquele pequeno trecho deixado por Amélia, no dia 22 de maio de 1985, escrito à mão com uma caligrafia que o tempo se encarregara de tornar trêmula, mudou a vida de muita gente. Com ele Amélia encerrou sua missão. Pelas mãos de seu filho e de seu afilhado, cumpriu-se sua antiga promessa de fazer a diferença fora das paredes do Convento da Misericórdia.

Epílogo

Mas no tempo não havia horas.

Graciliano Ramos

O Tempo, agora só, na varanda, grita:

— Eu não sou remédio nem curo dores. Não amanso nem devoro nada. Não resolvo tudo e não faço nada desaparecer. Não mudo nada. Não reduzo nada. Não trago e não levo. Não revelo nem descubro. Não destruo e não construo. Não sou honra e não sou triunfo!

E ainda, em alto som, continua:

— Não sou senhor, nem mestre, nem juiz, nem madrasta. Não revelo amigos ou inimigos, não apago nada. Não vivo, nem morro. Não tenho pressa. Não sou pouco, nem muito. Não sou rápido, nem lento, nem breve, nem longo. Não urjo nem rujo!

— Não tenho idade!

— Ainda que não me creiam, não me divido em horas, nem em minutos, nem em segundos! Não me dilato, nem encolho. Não falto, nem sobro. Não me mato. Não me desperdiço e não me aproveito. Não sou relativo nem absoluto. Não dou significado a nada. Não trago respostas!

E, raivoso, continua:

— Não afasto nem aproximo ninguém!

— Não reconcilio. Não diminuo saudades. Não preencho nada, nem me deixo preencher. Não amenizo. Não paro. Não sou primitivo nem moderno. Não sou certo nem errado. Não realizo sonhos. Não dou escolhas nem traço destinos. Não dou conselhos. Não zombo. Não sou cruel. Não dependo de nada. Não sou dinheiro, e muito menos valho ouro!

— E não se esqueçam de que eu não sou de paz e não sou de guerra!

— Então, meus caros humanos, parem de me dar incumbências e tratem de dar jeito em suas vidas, pois só tem uma coisa certa no que vocês dizem de mim: "Eu não espero ninguém!".

Começou a rir e, de tão alta, sua risada ecoou por toda a fazenda Almeida Bastos.

AGRADECIMENTOS

A Cezar Augusto Simão e Bernardo Medeiros de Freitas, pela imensa paciência e pelo apoio incondicional. Sem vocês eu não teria concluído esta obra.

Minha eterna gratidão aos que me ajudaram, cada um a seu modo, a finalizar este livro: Ana Cecília Carvalho, Arthur Napoleão, Cláudia Masini, José Claudio A. Monteiro de Castro, Lucas Medeiros Freire, Kátia de Medeiros e Valter Braga.

In memoriam:

A meus pais, sempre, por me terem dado vida, amor, princípios e formação.

A Jacques F. M. Gillis e José Mendo M. de Souza, meus guias, meus gurus, meus amigos. Sem vocês meu caminho não teria sido tão firme.

FSC
www.fsc.org
MISTO
Papel proveniente de fontes responsáveis
FSC® C092828

2021
CARBON NEUTRAL
SAVE cerrado